雨宮雅子歌集

SUNAGOYA SHO

現代短歌文庫

砂子屋書房

雨宮雅子歌集☆目次

自撰歌集

『雅歌』（抄）

『秘法』（抄）

雨宮雅子歌集

『**悲神**』(全篇)　昭和五十五年十月刊

時間の上で　昭和五十一年

巻　貝

一日をみひらきし瞳(め)よゆふぐれはうすら明りの水に近づく

星あをく鼻梁に映す人のねむりこの荒寥のうつくしからむ

生涯の肺ゆゑ草の萌えいづるあをきうつつにいたはりて臥す

彼岸会の水に光のうごきつつ蝌蚪のいのちのひしめきてをり

一枚の鏡のおくも雨降るとさながらに夜へ傾(かし)ぐわが界

芝はげにかがやくばかり芝の上(へ)に神の遊べる時間あるべし

春あらし遠ざかりつつ巻貝の大いなる耳置くと冥(くら)しも

昼の灯

春はそらの明るき底（そこひ）みひらけど一尾の冥き魚を追ひゆく

弥生尽もどる寒さにやはらかき土とまどひて影を踏みゆく

咳こもる胸ひらかむとこの春を翔ちゆく小さき鳥棲まひたり

どぢやう裂くわざのすばやし昼の灯にあをき匂ひの華やぎてくる

いちにちに触れたるものの数知らず夜の十本の指を懼るる

微塵

ばらいろの雲の下びに候鳥（こうてう）の生（しやう）のゆくへのさびしくあらむ

ここよりはのちの世の水映りゐるいつぽんの樹のみどりさやぎて

水に浄め火に浄むべき人間の体(たい)にしあれどくらく立ちたる

ながらへてむかふる五月こぼれくるひかり微塵を土に踏みしむ

終(つひ)の日の禱りのためにいのらざるおのれと知りて灯に寄りゆけり

毒

雨にこもる界せばまればこぼれたる砂糖きらめく毒のごとしも

一山のあらき照葉を浴びきたりわれに五官の恃みがたしも

百合ひらく地上に夏至のきたる日も虜囚(りよしう)のごとき素足を曝す

みち潮の刻わが食みし藻類はくらき胃壁にそよぎ立つべし

月光のゆふべゆふべや身を削ぐところを殺（そ）ぐと告ぐべくなりぬ

夕凪

木にしろき花みつる夜を月光の射しとどきたる翳に神の手

くろぐろと藻のからみゐる網曳きて人たくましく海より来たる

昼顔のむらがるところかがやきて壮年の人の汗したたらす

またたきのはざまと思へ蓮池のはすのかなたに夏はもえゐる

ゆるやかにこの身のそとをふくらみて満ちくる刻を夕凪といふ

みづみちし水の器に残りたるゆふぐれにわれは近づかむとす

ひぐらしのこゑは歇（や）みたりひぐらしをつつみて葉むらふるへそめたり

一夏

まひるまの刃先の雫したたりてまひるまの星
いまししづくす

灼けし石おのづから冷えてゆくころをひとり
思へどしづまりがたし

なに恋ふと過ぎし一夏(いちげ)や朝露をふくむは白き
芙蓉のはじめ

つゆくさのつゆけきあした薬壜の置かれしと
ころ浄まりゆけり

あらあらと雷すぎしのち向日葵の矜恃ひとつ
の季を越えたり

眼底に柘榴一顆を置きしゆゑ闇にも傷口(きず)のふ
きいづるなれ

積乱雲たちあがりたる昼下り堕ちゆく瞬のく
らき淵みゆ

ひとふさの葡萄といへど手に余り内なる闇の
かがやきにけり

見しゆゑに弑(しい)されし者の裔ならむ彼岸花むら
けふひとつ越ゆ

海辺の餐

聖水のつめたく触れし秋の日をおもひつつゐて額(ひたひ)あつしも

ほほゑみの思ひなるべし見あげては樹に揺れやまぬ水面のひかり

海よりの雨雲はやし歩みくれば歩哨のごとく立つ曼珠沙華

蜻蛉(せいれい)をひとつふたつと数ふるは人の連れゐる幼なごゑなる

羽透くるまで秋蟬(しうせん)の羽見えぬそのかなしみを見むとみひらく

ひとまたぎほどの流れのみなもとに秋草みだれ咲く千ノ川

鰺刺(あぢさし)の波にふれては舞ひあがる趾(あし)きらめけり秋の河口に

秋風に地曳網ひくこゑはなし拓次の逝きし南湖院跡

指先に魚鱗ひとひらひかりたり聖ならざるも海辺(かいへん)の餐

海のおと遠くなりつつ頭（づ）のあをき鳥よぎりたる空にかあらむ

波飛沫霧らふわが額（ぬか）まさびしく光みちくる河口にありき

花野

海抜のしるべ萩むらに傾けりしぐるるときを海よりとほく

うすら陽のとほくさしゐるひとところ悔恨のごと柘榴みのれり

とほきより人ごゑならぬささめきを伝へくるごと花野明るむ

数珠玉のひとつむらさきみつめては瞳孔小さくなりてゆくべし

宙吊りのこころに風はしづもりてうつつ昼月の白く照りそむ

ふりむけばおのれひとりの歳月の日だまりに萩の花こぼれをり

かぎりなく重たき夢をいできたり一塊の菊の
ひかりと遭ふも

ここまでの夢と思へる芒原しづけきひかりさ
やぎやまずも

統(す)べたるは夜の枯芝の月明りわが魂(たま)のため統
べられてゐよ

狩る刻

紅葉(こうえふ)を過ぎてゆふぐれ 鉄(くろがね)ノ井といへるあり
町の中なる

秋ゆくとさねさし相模の旗上ノ池の白旗おび
ただしけれ

紅葉の下まぼろしに緋縅の鎧の列の過ぎゆけ
るはや

ひるながら山のもみぢにふりむけば人待ちて
なほ人を狩る刻

鍔あらぬ古刀ひとふり波うたば明けゆく陣の
霜のかがやき

山は山へ連なるもみぢひそかなる敗北もまた
うつくしからむ

水底にゆふべの茜沈めつつ破蓮（やれはす）を風鳴り伝ひ
ゆく

ほむらなすゆめの通ひ路　木を捲きて木を纏（ま）
きしめて蔦もみぢせり

水湧きて流るるところ霜月の水より浄く火の
焚かれをり

破蓮（やれはす）の風ききとめて身の芯の燭台の燭（しょく）まもり
ゆくべし

見しものはもみぢにあらず身にひそむからく
れなゐのかなしみならむ

悲神　昭和五十二年

ゆくへ

身にくらく映るほのほと思ひしが風にのびたる火先（ほさき）は浄し

芝を焼くまひるの炎ひろがれり猛きとぞ火のちから見えたり

照らされていましばらくは浄からむ額（ぬか）もちし人ら焚火に寄れる

雪片のほほに触るるをさびしむもおのれの顔を見るは能はず

くもりたる空より鷺の降りきたりけふを手負ひしごときこころよ

百合の壺運べる冬のをとめゆゑすみきはまりて消（け）ぬべきをとめ

きよき夜はいつの夜ならむ額（ぬか）二つ寄せて灯下にぎんなんを食む

甕の口

冬を越すわがりごりすむ　いちまいの玻璃の
うちがはに結露ながるる

立ちながらみひらきながらきさらぎのひかり
の網に漁(すなど)られゆく

越えきたるわがつみ視ゆれなだりには紅梅三
分白梅七分

樹の影を踏みゆくやうに人の世のかげふみあ
そびわれはせんとや

胸底に暮れのこりたる白梅や車馬止(しゃばどめ)こえてそ
のさきは闇

きさらぎの風はしるとき石畳(いしみち)にむらがる鳩の
きさらぎのいろ

斎鳩(いっきばと)身はしろたへに飼はれけるこの夕光(ゆふかげ)の水
あるところ

星雲のかなたはさむきいろに炎えけふの神籤
にありし亥(ゐ)の刻

春寒のくらがりに甕が口ひらく闇よりふかき
ものを湛へて

岸辺

ほのぐらき春の底（そこひ）にまなじりを裂きて忿怒の像は立ちゐつ

椿赤し赤かりければ殺（あや）めたるのちのごとくに手を洗ひをり

照りながら雨は匂へりふるさとのあらぬうつしみにそこばくの土

鴛鴦（をし）の水ぬるむ岸辺に近づくは慰藉（ゐしや）のごとしもやよひのひと日

日の脚のおよぶ林に見えざるも多（さは）の鳥らのおと動きゐる

人も家畜もそこより飲みしヤコブの井ありきと読むは愛しかりけれ

うろこ雲茜なしつつ消えゆくに使徒たちの額（ぬか）いまだも冷えゐむ

春の渦

石の上(へ)をさばしる水に鶺鴒の触るる触れざる尾のかなしけれ

さくらばな見てきたる眼をうすずみの死より甦(かへ)りしごとくみひらく

水くらき谿の底(そこひ)へくだりつつ見えざる昼の星を意識す

昼すぎのなだりあかるく霧雨に木木の嫩葉はひといろならず

谷水を飲まむと人がしろき顔近づけてをり神のごとしも

陽にあはく濃く影をなす生(しやう)なれど春ひとときの遠景に置く

春山の風に荒びて枝と枝擦りあふおとは火とならむおと

火のごときがふとも匂へりこれよりは見えずなりゆく緑(りよく)のただなか

双の手に掬はむとして春の日のまこと消ぬべき白魚ならめ

逆光

草薙の髪をわたれる風おとにつづくほむらのおと聴こゆべし

風鳴りをまひるま深くひそめたる孟宗竹の荒きしじまや

簡潔のをのこの界よ竹林に踏み入りてわが息あつきかも

卯の花のました明るく白微塵踏みゆくもののなきいく刻や

遠ざかりゆく一塊の夕雲にたぐへてあはきリラのむらさき

つゆ空に際立つ朱の花ざくろ統(す)ぶるは荒き男(を)の神ならむ

逆光に人立てる見ゆ惜しみなくいのちを奪ふごとき光よ

あらくさの波

梅の実は葉かげにあをく息づきて在る日在りし日まがなしきかな

梅雨神（つゆがみ）の荒きすさびやこのゆふべざくろの花の朱をかき乱す

かきわけて柵うちくだく馬の貌ぬばたまの夢ふかく匿（かく）せり

見定めてまなこ失ふ　塊（かた）まればひとつのいろの雨のあぢさゐ

低雲の移動を映すみづの辺に螢ぶくろの花は昏かり

わが夜のまなかつらぬく稲妻に照らし出されて大いなる桃あり

ひた靡くあらくさの波あらくさのかなたを白く蝶の顕ちゆく

霧の谷

ゆゑなくてまなこ閉ざせり睡蓮のくれなゐうすく夏至の日のくれ

藻の花はくらくあかるくゆらめきぬわが生（いき）のためわが死者のため

時おきて水のおもてを搏つ鯉の意志冴えかへるひと夜なるべし

ひるがほの群生のうへ翳りたり神の横顔の過ぎむとしつつ

白き道ゆるくくだりて深谷のそこひの霧へわれは入りゆく

悲神

鋼鉄を熱風があふる倦怠（けたい）より黒き貨車いまうごきそめたり

かぎろへる炎暑をますぐに踏みてきし犬なれしろき影のごとしも

芝のうへ青く焚えつつ還らざる時を呼ぶべし
八月の昼

吹かれつつ黄の彩はなほとどまりて蝶の柱と
いふが視えくる

夕べには夏の終りのかげ濃ゆき椅子あり人の
かたちに沈む

あをあをと降る蟬しぐれ逢はざりし日月の夏
また過ぎゆかむ

百合の蕊かすかにふるふこのあしたわれを悲
しみたまふ神あり

天の刻

天の蟬地の蟬のこゑ伝へくる水のおもてに顔
ゆらぎをり

くもり日の光あつめてひかりなる一花は高し
蓮の白ばな

さかんなる夾竹桃のくれなゐに雲騰るとき地
は無援なる

未の刻過ぎつつあらむ天の刻過ぎつつあらむ
ひつじ草瞑る

わが触(さ)やるあかときの霧ひぐらしのこゑはは
しりて霧の奥なる

陽のなかの甘藍畑幼年のフェアリー時間を物
語せよ

採血のすすむひとときひとときを白芙蓉げに
あたらしき花

いちじくの果は熟れにつつうしなひし胸乳か
すかに疼けるゆふべ

蜻蛉(せいれい)の翅のふるへも見えにつつこの日のくれ
に近き水かも

日の落ちしのちのしづけさ快癒期のごとく明
るき空を残せり

穂に出でし芒のさやぎ冷ゆるまで空わたりゆ
く風はありたり

エマオの宿

水引の紅(こう)みえがたくふれがたくそこより秋の
まなことなれる

街上は秋なるべしや銀色の大いなる箱を人は運びゆく

相対ふおのれは苦しいつぽんの鶏頭の朱は地へ流れだす

天狼（シリウス）のかなたに風を聴きたれば地にある甕の水くらきかな

足すすぐ夕ぐれさむしたまゆらをエマオの宿のパンを思へり

虔（つつま）しきあしたならねどくれなゐの萩こぼるるを踏まず過ぎにき

かくて罪成就なせるや灯のもとにかぐろき葡萄頒つ手が見ゆ

紺布

双の手はすばやく朝の水きりてひと日ひとりの念力さむし

きらめくは突き刺しくるは秋の光われは結晶体となりゆく

ゆるやかに地震（なゐ）過ぎゆけるしばらくをやさしむごとくをりてさびしも

家ぬちのガラス透きくる白昼をおのづからわれ身動きならず

街角の一鉢ながらほととぎす秋のゆくへは風となりゆく

昼ふけて紺ひといろの濃ゆき布吊せる店に入りゆきにけり

桔梗（きちかう）に水をくばりし人去りて藍緊まりゆく夕土のうへ

違へたるゆめのいく夜や水底に一束の髪なびきやまざり

夢に入り夢を出できて秋萩の咲くあたりより乱れそむらむ

耳

みづからの執著の果てまなかひの残（ざん）の紅葉（もみぢ）にしぐれくるなり

逆光に人立てる見ゆ滅びたるつばさをふかく裡にたたみて

紅葉を過ぎしまなこはとほき日の赤銅（あか）の盥の水を恋ほしむ

一天をつらぬく鵙のこゑ絶えてひと谷の昼緊りくるなり

くろがねの鋏置かるるかたはらに肋（あばら）の冷ゆるまでの風過ぐ

ひと日空の音ばかりなり裸木の金輪際の明るさにゐる

つゆじもの朝を支ふる白菊のかそかなる香に紲されにけり

摂理にはとほく過ぎきて冬土のたひらにうすく陽のそそぎをり

めざめてはふたたび夜目のかなしみに椿いちりん落ちしならずや

胡蝶蘭　昭和五十三年

手打胡桃

いつぽんの木のかなしみにゆきつけば烏瓜垂るる宙の昏しも

うしろでのいかにやさしくあらむとも〈時〉をへだててひとりし歩む

自が丈の高さに見るを懼れきて午後の草生にひくくあそぶも

落葉よりひとつひとつが舞ひあがりもとの木となるまでを夢とす

壮年の孤独はひめて勁からむ手打胡桃を割りてゐる夫

ものを煮るわざさびしけれ香につよき月桂樹の葉をひとひら添へて

殉教ののちのごとしもばらいろの雲聚れる街の上のそら

臘梅の空

臘梅の黄のはな満ちてにひどしの瞼しづかに
閉ざしをりたり

みづからのこゑに醒めしをしばらくのさびし
さとして闇にみひらく

さやぎくる未明の雪のむらさきや瞼にうすく
触るるごとしも

白き闇となりゆくまでを降る雪にねむれとは
死に親しまむため

濯がれしのちのしづけさ花みつる臘梅の黄は
空に触（さ）やりて

影

精神の高さおのづと問はれつつ陽の明晰に石
ひとつある

鳩舎よりをりをり白く翔つ影は水の辺にして
水をよぎらぬ

身にまとひありたるものの干されゐてくるし
みふかむごとく雫す

無　慙

わが視野のいづれの時もうすら陽のありたる
ごとし梅にあそべば

白梅の下びあかるむここゆきてきさらぎの人
帰らずにあれ

すさみたるひたひあらはに睡るひと言葉より
なほ浄らなるべし

春あさくゆめの無慙を出できしが羽交の鳥に
水ひかるなり

街上にほとばしりたる寒の水刃を研ぐこころ
もちてよぎれり

いちにちを空鳴りゐたり弥生さむく肋(ろく)の骨さ
へ無明に鳴れり

昼さむく生者のなかにゐるわれや耿耿(かうかう)として
椿いちりん

引力はうづまきながら午後となり風のそこひに藪椿咲く

藪椿のくれなゐ包む闇ながらわが情念のあらきみなもと

桜

昼の髪洗ひしのちをしんしんと世の外（そと）ならぬさくら咲くなり

さくらあめ一日降りて石膏のごときひたひをもつわれならむ

見残ししものあまたなるまなこもて今年のさくら吹雪くを見をり

沖の層

荒寥のおのがひたひを見むために選ばれたりしわれと思ふも

せりあがり沖の層なすあゐいろに胸より夕つ
鳥を放てり

午後四時の紺のちからのうへにして秀波も立
てず海は動ける

渚つたふあけがたの人ばらいろのひかりのそ
とへ向ふならずや

きさらぎの粗きひかりをふりこぼす身にやあ
るらむ渚に沿ひて

春の髪

風鳴りのうへあをあをと星月夜枝に辛夷の冬
芽ふくらむ

双の手に顔を覆ひてゐたる間もこの世のこと
はわれを過ぎざり

日すがらを空は鳴るなり芽ぶくため荒ぶる木
木のよぶ神ならむ

風はしる春のガラスは撓みつつ映されて人ら
苦しげに来る

午後二時の星雲とほし濃きいろにパンジーひ
らく屋上庭園

橋ひとつこえて思へば晩禱もはるかなるかな
雲のゆふぐれ

めざめては重たき春の髪梳きてゆめにまとひ
し闇剥がしゆく

幼年

樹下なべて春はくらしと思へども数を増しつ
つさやぐ夕鳥

菜の畑（はた）に翅あるものら集ひつつ黄のかがやき
にそのおとかがやく

花過ぎてはなやげる緑（りよく）　わが生（いき）の日を網膜に
あつめてあつし

肉に従（つ）く者なりければ夕べにはリラの香りを
かなしみにけり

葱坊主ほほけしところ明るけれ孤を知りそめし幼年の日よ

緑葉の重なる闇のひとゆれに身のひそかごとかすか匂ひつ

うつむけば髪をなだれてことばとはならぬ禱りは床にしたたる

緑　葉

わがつみも貴(あて)にぞかをれ藤房のまぎれもあらぬ夕のむらさき

鶏卵のひとつある卓ひしひしと千の青葉に攻められてをり

黒南風のつばさわたれる空のもと梅実はくろき雫のごとし

熊笹を分け入りて出づる身のさやぎ無頼をなせしごとくたのしや

隧道(ずいだう)のゆくてゆくてに緑(りよく)みえて幼年の夏の罠
もあるべし

陽のなかをいく曲りしてきしところ木は木の
花の匂ひに立てり

ゆふぐれはひざまづく刻(とき)まぎれなくひざまづ
かざるおのれと思へ

夏髪

人あらばやさしく胸に茜さしあかねを残す夏
至の日のくれ

緑葉の触手垂れきて額髪(ぬかがみ)にこもる憂ひのいろ
を濃くせり

夏の汗ぬぐはざるまゝうつしみの恍たる時間
失はざらめ

樹のもとに憩ふしばしを日にもろき思想とい
へど息づきにけり

ばら垣のばらのいきれを震へつつ愉楽の翅は
這ひのぼりくる

夏草のゆらめき燃えてゐたりしを体熱として
眠りに入らむ

灯のともる硝子の器にまばたきもせぬ魚見る
をかなしみにけり

やすらけき死は賜はざれひるがほの群生の息
充つる水の辺

殉教史読み了へて暑き日の厨きよき油の壜は
立ちをり

ロマ書より出でざるひと日火と水をつかひわ
けつつ生くるはさびし

思ひ出づるひとつにあれど晩禱の天を塞ぎゐ
しステンドグラス

胡蝶蘭

いちじくの繁みをひたす夕闇に熟れし重みを
手は受くるべく

淋巴腺ふくらむ立夏の首すぢを剖(ひら)きゆくごと海の風吹く

やはらかく髪に入りきて消えゆきぬ人のやうなる夜の呼吸は

架くるべき雲あらざれば横ざまに梯子を置きて人は去りたる

腹帯の白きに沁むる蟬しぐれみひらくままのかなしみにゐて

胡蝶蘭の香のこもりたる部屋ぬちに病むとは人ととほざかること

ぎつしりと向日葵の種子(しゅし)　やまひとふ小さき呪縛に一夏(いちげ)過ぎつつ

水晶体

向日葵のあたり小暗き日のさかり人は立つべし生に堪へつつ

海よりの風光る日を眼のなかの水晶体の世界にこもれる

みづすましはしる水面の明るさよひとり子を
だに愛し得ざりし

まこと涙は直ぐなるものを目交(まなかひ)に水引草の露
のくれなゐ

あるままにあらしめたまへ炎(ひ)のごとく草木(さうもく)揺
れて夜へ入りゆく

霧の雨ふきつけてくる硝子あり思想よりなほ
濃き血を欲す

濃きあはき意識のいろやあかときの髪にふれ
つつ霧はしりゆく

そらは玻璃みづは鋼(はがね)ぞまならの草創(さうさう)となれ
すすき刈萱

夜のをはるうすむらさきの中空へ神にあらざ
るわれは目を挙(あ)ぐ

星草

昼の雨降りつづきをり星草にひかりあらぬを
かなしみにける

ガラスとびら出でてガラスへ歩みゆく秋のひ
と水を恋ふにあらずや

秋ざくら揺るるかたへに体調のととのひそめ
し身を立たせたり

狂はねばさびしと思へ彼岸花錘(おもり)のごとく雲は
垂れきて

机(き)にしろく紙のべしとき昼月のかかる空あり
うすき空なる

日の没りの時間はあかく燃えながらひとりに
寒きかまつかの庭

ときをりは陽のさすところ松かさのさびしき
音を拾ひあげたり

銅板　昭和五十四年

椿

おのづから言葉つつしまむ白毫へ還りゆくべ
き梅のいちりん

沙羅双樹はひむがしなれば常・無常いづれか
ぐはし雪ふりいでて

みづからをたづねあぐねて白粥に張りたるう
すき膜を吹きをり

夢なかばうつつのなかばたかむらの竹は猛り
て闇を揉みをり

戦禍すぎしところと見えて雪置ける夜の街衢（がいく）
をうごくものなし

髪あるをかなしみにけり灯を消しし部屋の気
流にわが髪触るる

一念にほろぶべく生（しやう）あらしめよ寒の椿を揺り
あぐる風

名越

乱橋（みだればし）ここわたるべきこころとや吾妻鏡のおく
に雪ふる

歳月の背すぢをさむく刺し通すさねさしさが
みわたる鳥かげ

つゆ草はつゆに滅べど秋髪の冷えゆくまでを
生きてありつる

もみぢ葉はひとときは明(あか)しうつし世の唐糸(からいと)やぐ
ら過ぐるをりしも

ひるふかき名越(なごえ)きりぎし石蕗の花に触れゆく
こころと思へ

萌黄

空ひらく萌黄のころやなにぞかも刃(やいば)のごとく
光るときあり

桃咲けるなだりを越えて涅槃西風(ねはんにし)ひとのくち
びるひかりいづるや

飲食(おんじき)は由緒正しも朝ざくらこの世のさくら頭
上にあれば

写りたるもの映しゆくフィルムをいまとし見
ゐる時間かなしむ

髪梳（す）けるちからこもりてひたぶるに春の潮（うしほ）をひきしぼるなり

家族（うから）とは二人なることはるのゆめ掘つて春蘭を咲かしむこころ

啼きのぼり息の緒あらく流るると海べの雲雀この春も見つ

夢を剖きて

受難節すぎてみどりの木のしげみ羽あるものらこゑに呼びあふ

花芽食むやさしきときに還るべし食思（しよくし）不能にゆふぐれのきて

麻酔より醒めたる額（ぬか）の冷えのごと一枝（いつし）にひとつ梔子白し

ついばめるものの孤独に和するべくひとり昼餉の箸を動かす

みどり濃く羊歯類さやぎたつ夜の夢を剖(ひら)きて
稲妻はしる

夕ぞらへざくろの花は朱を献ず梅雨神(つゆがみ)のため
わが生(いき)のため

犇めける数千の魂(たま)を背にしつつ沓の紐結(ゆ)ひき
若きイエスは

けふまでの見えざる創(きず)のよみがへりゆふぐれ
の水きつく匂ふも

義とさるるは一人だになしまひるまの青葉が
くれに沙羅のはな落つ

花冠

梧桐のあしたゆふべの花冠(はなかむり)黄のいろ帯びて泡
立つごとし

放埒の雨はきたれり雨脚はけぶらふまでに熱
き瓦に

遠きよりわれをとらへて翔ちゆける鳥の視界
をあやしみにけり

てつせんのつらぬきとめぬ露のあさ冥府(よみ)の黒
髪漂ひはじむ

汗ふかく睡りゆくともうつしみのひたひは神
に属するならめ

夕ぞらにかざして合歓の花淡しことばを欲る
とわれは立つなれ

朝鳥に醒まされやすきまなぶたよひかり射し
くる苦楽のはざま

金の嘴

倒さるる立木見てきて夏帽子脱ぐときそらに
羽音は湧けり

申命記むごき律法(おきて)に従(つ)けよとやひと日のそと
へ夏つばき落つ

閉ざしゆく睡蓮に水かげりたり神はまばたき
をなしたまへるや

われの死とともに失せゆく世界なれ夏野かげ
ろふはてまでを見む

しんしんと百日紅は咲き盛り夏のまなかにとほき夏あり

昼ふかき熱帯鳥館　金の嘴をもてる異形にみつめられたり

ざつくりと裂けば柘榴となりにけりおのが無慙を知りたるのちに

翼

まばたきのはざまふるふをながらふる秋さきがけの唐糸縅

吾亦紅われも紅（こう）とやひたぶるに心述ぶるはくるしきこころ

ここに薔薇あらばくるしき息ざしを火箭（ひや）のごとくに夜へ放ちやれ

ひとむらは淡きひかりのをみなへし残世のそらを吹かれゆくごと

肉に従き肉を嘆きし聖パウロうつしみわれは
読みて哭くかも

とめどなく夕べの風を受けとむる秋七草を束
ねて焚けよ

石膏のごときひたひに陽をうけて聖なる翼も
たねばならぬ

銅　板

みづかねのあしたに目覚めつゆくさの瑠璃踏
み荒すひそかごとあれ

彫刻の森の緑をめぐりきて〈死の扉〉なる銅
板を見き

天上の図より地上の図へ移す作者マンズーの
眼にぞ倣ひて

冬の蜂

裸木の細枝細枝に陽は射して天使のごとく時間光れり

冬の蜂ただよふ陽なか陽より濃くなりしおのれのにほひを放つ

冬の雷とどろきてやむわが髪の千筋はしりし精神のおと

在りありて水際に貌を近づけぬうきくさもみぢ昏みゆくまで

耐えがたく過ぎゆきがたく見つれども紅葉はなべて夜を流れよ

いかなれば身は透視図となりながら八手の白き花を截り立つ

無花果の匂ふ重さよ恩寵としてたまひたる罪にあらずや

龍の玉

こののちのことは知らじな女坂冬至のそらを風ちぎれとぶ

龍の玉ひしと充ちをりうつしみを貫く夢のさむきむらさき

夕風は芒におよぶ野の神のゆたかなるその銀に手触れよ

この霜夜湯をつかふおと聞きをりて夫より享けしあまたを思ふ

火のことば氷(ひ)のことばもつくちびるを攫ふばかりに疾風(はやち)は過ぎぬ

うつむきて人ら禱れる刻ながく会堂の床も苦しかるべし

信なきはたのしからましキリストの血の契約の酒をこぼして

春の日　昭和五十五年

木の椅子

秋まひる戞戞（かつかつ）とゆくいしみちにわれは蹄鉄をもつにあらずや

雉鳩のつがひ去りたる秋の地にひかりこぼすを人と呼ぶべし

大いなるガラスが映す秋のほむら揺らぐにゆれて入りゆかむとす

連翹の返り咲き黄の朝なれど吉凶いづれ寄る方もなし

みづからが来しにはあらず招命によりて木の椅子に低く坐しをり

七　瀧

さまざまの夢に疲れてうつつより道ひとすぢは花野へいたる

雨後の水左右(さう)よりしぶきなだれ落つ出合の瀧にこころさわぎつ

秋逝くと七瀧の水騒ぎつつ石蕗(つは)のいろのみ夕明り立つ

浴びてきししぶきに額(ぬか)のまさびしく七瀧七つの音を残せり

双手にて覆ひし顔を意識せりわが宿命の凝(こご)りてあらむ

曇天に水皺ひかれる池に向き六道もちし身を立たせたり

日のくれのひとりとなりて枯蓮の水の茜を身ぬちに溜めぬ

夕鳥

冬は黄のいろを愛せよ磯菊に潮(うしほ)のひかりくだけ耀ふ

燔祭に捧げむすべもなき身なれ真昼落葉を焚く火に寄れり

遠き国の火をみるやうに見ておかむまなこに
熱く溜めゐるものを

かなしみの深かりければみづからが捥りて放
つことばに荒（すさ）ぶ

腹裂きし魚は食うぶるために焼く生きむため
にぞ塩ふりて焼く

頭（づ）のいたみいくたび襲ふひと日さへこの世の
苦ゆゑ嘉（よみ）したまはむ

霜ふらば羽交の鳥のねむりよりさむき睡りを
われは乞ふなれ

ゆめよりの風響（とよ）みゐるこのあした瑠璃清浄の
龍の玉あり

断念のこころはざまに薄氷（うすらひ）は淡きひかりのご
とく張るべし

根ざしたる慰藉（いしゃ）ならねども日にいちど陽の射
す壁のひとところある

Rains cats and dogs（どしゃぶり）の雨は字引のかなたに
て血の騒擾を傘さして受く

ゆく方のひとつ嘆きや夕鳥はひかりを曳きて
現（うつつ）を截らむ

巷より離(か)れて月下のひとりなるすずなすずしろ提げて歩むを

水涯

老いゆかむ化粧(けはひ)のあれな花満つる枇杷の高みにしろく月射す

水までの枯生なだりを領として鳩はあゆみの猛きときあり

映像のしごとに生きむと述べし子をひかりのごとく思ひ出づるも

とほき日に幼子たりし若者よわがため傷みしことには触れず

母と呼ばるる刹那なけれど対きあへる汝は歳月の逆光に立つ

ひとときの語らひに子と過ぎつつも血の繋りの別れと思ふ

年月のちり吹きはらひ訪ひきたる子は年月のおくへ去りたり

念念の思ひゆづらむゆづり葉の朱の茎緊めて
しぐれすぎたり

水鳥のしぶきは寒の水ながら飛び翔(た)つきはの
羽搏ちのちから

一蓮托生

雪ならね水仙の花かをりきてあけぼのあさき
夢を截ちたり

満身のさざん花の紅(こう)よるべなし返討とふこと
やあるべし

太刀のごと長き傘もち出づる背に思ひみむか
な一蓮托生

きさらぎはひかりの林　みなゆきて光の創(きず)を
負ひてかへれよ

麦粒腫生(あ)れし睡りの奥処よりうるみて梅の紅(こう)
咲きいづる

生の緒にふるるごとくに雪降れり机上ひとつ
の人格をなす

くるしみのゆめより出でて雪踏めば五臓六腑のあかるむごとし

昼の月

葉牡丹はむらさきまきてうす霜のひかりを湛ふ　肯ふべしや

石垣の石が組みたるリゴリスムひと日の生(いき)の支へなれども

砕かれて剰りしをなほ霊ならぬ肉の念(おも)ひとおもひ超えなむ

枯芝にくろぐろと土敷かれゆきいかなれば謀(む)叛(ほん)のごときがきざす

くれなゐの一枝(いっし)の梅にうるみたる抒情といへど風さむく過ぐ

いまし陽を雲が覆へば雲の下ひとはひたひをもちて歩める

セロリ嚙(か)む切なき日ぐれどこよりか行暮神(ゆきぐれがみ)よ物乞ひに来よ

蒟蒻をふるふると煮る　われはつねによきかたを選ばざりしマルタ
　　　　——ルカ伝・一〇・四二——

白きもの見えねど夜の雪を聴くおとあらずともきくものは聴く

かへらざる鳥のまなこも濯ぐべし雪わけ笹の青きさやぎは

受難節前第二主日の欅木の芽ぶきにかかるうすき昼月

水走る

来し方の荒れしまなこを癒さむと人をきさらぎのひかりへ還す

近づきて額(ぬか)さびしけれ一木(いちぼく)の白梅三分ほどの明るさ

水はしる村より村へまなぶたは無量無辺の梅にあそぶも

あはき陽とけじめもあらぬ梅林にこれの世にあるさびしさ立たす

誦すなれば〈色は匂へど〉一村の梅のひかりに消ぬべくあゆむ

明（あか）きこころ強ひられたりし古代史の誓（うけ）ひをりをりわが灯かかげらす

きさらぎのそらの嘴みなかがやかむことばに傷むわが魂（たま）のため

風の火

雪を呑みし沼のおもてに一輪の椿落ちしも食みつくされむ

ひと枝がまづ苦しめばもろもろの枝もくるしむ寒の疾風（はやち）に

肝胆（かんたん）を吹きちぎるまで吹きたれば椿の紅（こう）は風の火となる

ゆふぐれの近づくところ芹の水死者の指さへ浄からしめよ

臓腑とふものをもちたる互みにてこころ語らふ何ぞこころは

青ふかき水差にみづ溢れしむひと夜の明けて青(せい)は聖(せい)なる

朝風に花芽並みたつ連翹の群枝はずむや黄(きい)のことぶれ

聖なるかな

かく脆きこころ睡(ねむ)らすひとわざにゆるす神棲む　さばく神棲む

みづかねのいろ遡りひとすぢの川となるべきうつしみの刻

藻をつかみ渚つたへりにくしみの首(しるし)あげにし者のごとくに

海底を這へば片身の白きとふまがなしき魚かれひに触るる

まもられて来しことあらじさむき星天狼おのがひかりに荒るる

鳥も天使も等しくもてるものにして思ふにかなし翼のつけ根

頌栄のきはみは嘆くごときこゑ　聖なるかな聖なるかな

春の日

春や立つゆめの形見のあるごとくわが古星図にともる星あり

ふゆ越えしあした細枝を伝はりてしづく虔み（つつしみ）のごとく雫す

いぬふぐり土より湧けるごとく咲きみづかねいろの母の髪はや

さしかはす枝の芽あかくうるめるにうつし身やはく解き放たれよ

百済ぼとけの渡来は春の日なるべしほのあを
むわが素足に思(も)へば

あとがき

『悲神』は、第一歌集『鶴の夜明けぬ』（昭51・5）以後、昭和五十一年春から五十五年春までの作品三百九十四首を、ほぼ創作年順に収めた私の第二歌集である。

　若い日に洗礼を受けたとき額（ひたい）に聖水が触れていらい、私は、人間のからだにはただひとつ、浄い場所があると思ってきた。額が明るむ。しかしそれは、私のこころまでが明るむというのではない。あやふやな一小存在の、罪ふかい領地のなかの聖なる異国。そのような異国を私自身の額とするゆえに、神に遠ざかりまた近づこうとねがう私は、つねに「神を悲しませている者」である。この歌集を送り出すにあたって、おのれ自身の注釈までは不要と思ったが、『悲神』と名付けるにいたった気持ちを、ささやかに記して置きたい。

私の歌をいつもきびしく見守ってくださる「地中海」代表の香川進先生、敬愛する長沢美津先生をはじめ多くの方々に厚くお礼を申しあげる。また、私たちの小さな同人誌「鴟尾」のもう一人の仲間、小中英之氏の励ましがあったことをありがたく思っている。出版にあたりゆきとどいた配慮をしてくださった国文社の田村雅之氏に感謝の意を表したい。

昭和五十五年八月

雨宮　雅子

自撰歌集

『鶴の夜明けぬ』（抄）　昭和五十一年五月刊

三十首

きららなす霜のあしたを明らけくこの生の緒や白きさざんくわ

みづからの意志さへ重く木の椅子に支へて寒き夕べはいたる

灯にさらす胡桃の五つ掌に鳴りてあるいは鳥の五つの頭蓋

ひしめきて乾ぶだうあり古代史は秘す文様の葡萄唐草

霜ばれの空にきららの充つるごとはるかなるかなわが母教会（ぼけうくわい）

牡蠣殻の積まれしあたり夕風はにほひてけふのかなしみを積む

びいんびいんと樹の鳴る夢を見てゐしがわが胸を鳥は奪ひて去れり

病むことを肯ふわれに花あれば冬のなかなる春を見てゐる

わが狂のまなか白しも鶴の夜をちぢにみだれて雪降りいづる

日暮より夜にいたるまでを黙しつつ銀のかがやくごとき罪はも

みち潮の刻と思へりわが死者も息づきてあらむ白ひやしんす

猛くして群れを離るる白き鳩けさ山塊に雪かがやけり

あけがたのほの明るむにうつつなれ枝さやさやと天の樹のおと

春寒（はるざむ）の日のくれどきを放心のポセイドーンのごと鱈よこたはる

たましひはここに遊ぶと菜の花のうすらあかりの黄のひとうねり

大いなる正午は書物のうちなると春の微光に身はゆらぎ立つ

春灯をかざして船の影きたる闇にほふまでふかき入江に

信じ難き全治といへる病（びやう）を経て春日に干魚を焙りてゐたり

かがやきをまとひて歩む幼な児のつばさみえ
ねど若葉はつなつ

秀（ほ）にゆれて秀の刃先鋭き麦あらしわれ満身を
斬られてゐたり

菜種田の黄を越えゆかむわが思ひ幼き者と訣
れし日より

一つ鳴れば一つかなしき百鳴れば百もかなし
きひるの風ぐるま

吹かれつつ登りつめたる坂のうへ火種のごと
く赤し火星は

自動扉の開閉つねにおそろしきそこより見知
らぬ街がつづけり

誇り高く生き終へたしと思へるは父より継ぎ
しただひとつにて

言葉みな立ちあがりくるこのゆふべ聖書一冊
置ける卓あり

諳（そらん）じてゐたるかなしみ葛切の葛ひんやりと舌
にまろばす

かまつかは煌煌としてくらきかな陶器工場引
込線跡

白タイル踏めばたちまち脳髄をのぼりきたれり結晶世界

熱風は一人の背より吹き起り八衢（やちまた）の西ひときは眩（くら）む

『雅歌』（抄）　昭和五十九年九月刊

風日

いち月のふところふかく風まきて泰山木の厚葉を鳴らす

水仙は水のたましひ凛（さむ）く立てけふひと日だにひとりにあれよ

ヴォートラン山師の悪を読みゐしがよろこび深し日向日だまり

冬ばれのあした陶器の触れ合へば神経の花ひらきけり

洋凧

雅歌よりの名をわれと子と頒ちゐて距つ月日のときに光るも

洋凧を糸に張りたるなかぞらの風の手ぢ（た）から握りしめたり

棘

いきいきとものをいふこゑ陽の刻（こく）へ薔薇の水脈あふれてやまず

視るまなこ酷薄なるをたのしめり象牙海岸奴隷海岸

肉体に花咲きし日をたたへなむ蜂の唸りのまつはるときに

緑葉

うすぐもりむらさき垂るる藤のふさ万有引力おごそかにあれ

藤房は春の瓔珞（やうらく）ゆらゆらに思はれびとでありし日揺るる

捕虫網かざしはつなつ幼きがわが歳月のなかを走れり

翼

陽は秋の水に流れてゆく方（かた）へ鯉の幾尾（いくび）がゆらゆらと追ふ

まがなしく日はわたりゆき大いなる甍しづけし甍のながれ

存在をたしかむるにはあらねどもわれまたたけば星またたけり

光体

生のうすら寒くてふりむけば無量光体風の日の柚子

ひかりつつ形象いくひら額（ぬか）に受く黄落やまぬゆりの木の下

命終の姑（はは）が残せしかたちかものどぼとけなるかたちを拾ふ

渾身のちからに余る暗黒を曳きつつわたる極月の月

秘色

藁覆ふうちに古式の濃ゆきいろ冬を牡丹のく
れなゐは咲く

くれなゐの紙のごとくに戦(そよ)ぎつつ冬の牡丹は
量感あらぬ

たいせつの蕊(しべ)つつみたる寒牡丹白きには白き
ひかりかがよふ

鶩卵

咲き満てるさざん花の霜ほどけつつうすくれ
なゐの楽流れいづ

月明り浴びて砂上を来しわれが近づくところ
枇杷の花咲く

ある日父の胸がフィルムに残したる鶩卵大と
ふさむき翳りは

月光

沐浴を終へたるからださやげるを裹むごとくに着衣なしたり

黒きもの集ふはさむし日のくれへ顔みなむけて鵜は動かざり

すでに禱りの領域ならむ小康を得たる父の背ふゆのかげろふ

泉

死へむけて放つことばをととのへよ菊一束に黄のひかりあり

肉感は余剰なるかな水の辺にまんさくの黄のほのかなる青

あしたより気圧は髪にこもりゐて信ずべし神は人なりしこと

黒翅

春の靴えらぶとまどふわが背後すぎたる誰ぞ黒き翅もつ

生の緒のきはをたたかふ父ならめさねさしさがみの雲囲(めぐ)らせて

父

ゆりの木は繁みに花を飾りたり　瞑想の樹の瞑想は歇(や)む

大いなる揚羽かぐろくあらはれつ雲のほてりのたゆき浮力や

命終に駆けてすべなし口惜しよ嚙み荒すごと桜桃を食む

父いまさぬこの世のひかりいつしんのお逮夜あけし畳のひかり

噴水

星蝕は秘儀のごとしもむらさきのレアチーズケーキ切らむとぞして

あかねさす鏡の奥へ入りゆかむアルカイックスマイル入りゆかむ

無花果を灯下に食(は)めりいちじくの花のふくろの密度を食めり

雅歌

天球の昼のめぐりにしろがねの芒したがふごとく靡けり

玲瓏と時流れゐつ禾(のぎ)ひかる野にわかき日の雅歌をひきよす

かなしみにまなこ荒(すさ)ぶはかなしけれ極月薔薇のくれなゐを焚く

俑

灯を消して椿の紅をしづめしがうつし身は火のごとく咳(しはぶ)く

顔拭ふ瞬時なれどもとほき世の聖骸図布のいたみを継げり

冷えゆける石に坐しをりゆふぐれを翼なければ俑(よう)となるまで

鳥影

月光の室内さむく時奪ふ時計の針のひかりめぐりつ

硝子器に張りたる水の硬(こは)きゆゑ冬の思想は抽(ぬ)きいづるべし

いくばくのちから恃みて立ちあがる水仙の香より解き放たれて

七星天道虫

神も懺悔も知らで畢らばたのしきか七星天道虫手に遊ばせて

『秘法』（抄）　平成元年八月刊

水晶夕映

ひさかたのくわりん日和の榠樝（くわりん）の木大いなる実のあまた熟れゐつ

人の視野に入りて立ちゐるわれといふ一存在をわれは懼るる

ほどかれて頒たるる菊識りてゐて知らざる界へ歩みはじめつ

雷鳴のこもれる雲の下をゆく五体かすかに磁気帯びはじむ

夕闇と夜とのはざま空青したれか投網を打つにあらずや

唐芥子鷹の爪とぞいひ慣（な）らし厨房にその赤きを吊す

石蕗の黄花勁（つよ）しとかへりみず縷縷（るる）たるこころ縷縷たるゆくへ

薄日さす水面に鴨は首のべてつぶやくごとし嘴鳴らすおと

柊のひひらぐ葉ゆゑ霜降りてわが歳月のいたみするどし

月差して小さき浄土しろきかな夏草猛く生ひゐしところ

竜の玉ふゆの玉なる瑠璃光は遠木枯をあつめてゐたり

夕映のいろに溺るるいち面の硝子はわれを引きこみやまず

睡らねば驚きひとつ木星は辰巳にひくく現はれてをり

塩山

青葱のあをき隊列甲斐びとの裔なるわれを甦（よみがへ）らしむ

水晶に稜線ありて人あゆむ影くれなゐにきざしそめきつ

緋縅（ひをどし）の鎧は立ちてまなかひに闇よりふかきうつろをつつむ

春浅くわが血に翳る父祖の地や軍書えらびて殉じたりしか

塩山にえにし踏みつついくたびかわが生の緒をあられすぎたり

枯寺のうすくらがりは焔(ひ)を負ひて忿怒の像のたくましく立つ

額(ひたひ)とは冬なる領土睡る間も月ならぬものに照らされてゐむ

正身(しやうじん)のわれと思へば夜ふけて吹雪くしじまに脈搏は和す

荒魂に牽(ひ)かるるごとく谷までの歩みをけふの行(ぎやう)となしたり

星と星ふれあふ峡の空のした定住ならぬ有漏(うろ)の身さむし

頒つべきささきはひあれや日だまりにちちと小さきいのちは鳴けり

春の族

きさらぎの朝のひかりに鳥のこゑ水を飛ぶこゑ流れつつあり

しづかなる昼のひかりよ血球に触るるごとく
に紅梅ひらく

いくたびもときめきありていづかたに雪降る
ならめ花降るならめ

木木の芽のあしたゆふべをあふぎきて感官ゆ
らぐマタイ受難曲

夕あかり彼岸此岸のけぢめなく指につめたき
芹の水かも

息ざしの深くなりゆくひと日ひと日葉の芽花
の芽秩序をつつむ

空ひらく三月尽やほほゑみにふさへるものは
春の族なる

籠

樹の霊は聖霊ならむうつし世のひところ遠く
郭公のこゑ

遠街は夜の点滅にんげんの領ならぬ空しづか
なるかも

をとことはいさぎよかりし絵のなかの荊冠は
またわが血を濃くす

花もてる朴の一樹のくらがりに死は豊饒の匂
ひまとへり

まろまろと籠にあるものはしきやし白桃のう
へ稲妻は差す

ちちのみのみ骨ひろひし六月のわが手このあ
さ畳を拭きつ

熱吐きて止まれる貨車のかたはらに光体なら
ぬものとして立つ

高原

来歴のはては紺青　みづうみは謐（しづ）けく夏の山
頂にあり

幽（かく）れゆく日のため霧の朝ゆきてうすくれなゐ
のささ百合に遭（あ）ふ

昼へ翔つ羽もたざればランバンの赤き毛布に
睡りを包む

霧まきて火の山みえず七月をうすむらさきに
肺腑騒立つ

衝動的行為といふはかがやかむ種子（しゅし）くろぐろ
と立てる向日葵

わがつぎの世にも咲くべし夏果つる無人の駅
の昼顔の花

満　月

無花果は常世（とこよ）のそとのかたちして食ぶるわれ
やぬばたまのひと

ひと張りの水の映せる夕つかた触れなば水に
創（きず）はしるべし

秋なれば床（ゆか）のはなびらかきあつめ禱り終へた
るごとく立ちたり

裸足にて降（くだ）らむ神のためなるか満月に石のお
もて乾ける

「われ死なばひともとの柳を植ゑよ」ミュッ
セの詩（うた）の十九世紀

天の雫

夕ひかりうすれゆくころ啼き交すこゑありてこゑ天に雫す

さざんくわの花の推移も見つくして強霜（こはじも）のあさ白飯（しらいひ）を炊く

日と月のひかりを浴びて柚子となりし個をてのひらに虔（つつし）みて置く

病む者の刻をたまゆら放たれてまこと青夜といふ夜に遭ひき

父なき世母あらぬ世もきたるべし夜の底（そこひ）に湯はあふれをり

あをみゆく冬あかときを逝く母のみづがねいろの髪なびくなれ

燭を守る夜のめぐりに風荒れてとほき殯（もがり）の火もゆらめきぬ

喪のひと夜明けて母なき枯庭にひかりとどきて土を洗へり

朝の水

一塊のチーズのおもて青黴のしづまりゐるはいかなる邑(むら)か

杏仁のまなこみひらく飛鳥仏背後の春の夜を濃くせり

蝌蚪(くわと)生(あ)れし水のよろこび水の面(も)に触れてかがやく風のよろこび

神の創(つく)りたまひしかたち人体のかたち桃花の下に遊ぶも

風かよふ蓮池の蓮おのづから盤根錯節のしくみやしなふ

木の匂ひ花の匂ひに敗れつつ昼の愁ひのゆくへも見えず

夜の翼

東西の思想のはざまさやぎたつ「歌の翼に汝をのせて」

夜といふ時間の流れ睡るとはつひなる闇に馴れゆかむため

日月に遊びのあれば食みつくす桜桃はつねに幼年の使者

江東の家並重畳あかねさすわが神経とせめぎあふなれ

鳥獣とむつむアッシジの聖人の絵に幼年期くみこまれたり

あぢさゐの藍のかたまり大きくて水晶時計のきざむ音せり

サフランの列

あくがれの果てなるごとく視つめをり地図に展(ひら)ける香辛料(スパイス)の島

サフランは風の日の花うす青くわが胸鰭のごとくそよぐも

手にあらく塩ひとつかみ摑むとき過去の荒地(あれち)に陽のあたりゐつ

いづこにか祝祭あらむ風が撒くひかりの街にレンガは赤し

咳こめばわれは荒野（あらの）かいらいら草ほほけ草繁
る気管支のゆゑ

ピオーネとふ黒き葡萄を食む夜もいづれは死
者となるまでの刻

河

人界の人なるわれや日溜りの石に触るればぬ
くもりあはし

枯葦は一茎一茎かがよひて春立つさむきひか
りをまとふ

髭を剃るをとこ鏡のなかにをり朝を泡立つお
のれ見据ゑよ

天の冷え伝へてひらく白梅に刑余のこころも
ちて寄りゆく

夜明けたる額（ひたひ）と思ふ病む者のかたはらにわれ
白光まとふ

あひともに天いただかず点滴を享けゐる夫は
きさらぎの河

朝ひかり手さぐるごとく立ちゆきぬ夫の尿（ゆまり）は癒えそむるらし

洗ひ髪さやぐ軽さよ霜枯れの植物群に近づきにけり

風すさぶきさらぎやよひ充実を招（お）ぐためわれの魂（たま）荒れしめよ

時超ゆるちからを得しか病みびとはうすら陽とどまるごとく笑へり

風の朝出や白き扉を閉ぢたるは竜骨さむき夫にしあらむ

雲のみちしきりに雲を運びきて高層のわが宴（うたげ）におよぶ

アンダーワールド

契約の地にあらざれど首都の空かくしづかなるあさ明け領す

駐車せる車体の間（かん）を縫ひゆけりわれは一軀の軟体として

アンダーワールドいづこゆけども照明は飲食のため時差あるごとし

上弦の月わたりつつしろじろと超高層の裾近く照る

夜の地下へ降りてはゆけず止りゐて蛇腹のごときエスカレーター

血の充つるからだ重たしふりむけばわれのなかなる街も老いたり

江東の藤

紺青のけふをすぎつつわが在りて飛燕に生るるひかりのきづな

芥子（からし）溶くわれに辛辣（しんらつ）のことば生れそのことば器（うつは）とともに伏せおく

月のいろ映（は）ゆるごとしも春の月のぼりくるとき鱒を餐とす

異教徒のわが感覚をそそのかす春の真昼のくわんおん一軀

藤浪は斎（いつき）のいろにあらざるやむらさきは濃く蜂にはなやぐ

天神の五尺なる藤十七棚八十七株のむらさきゆらぐ

藤の花垂れて動かずめぐりきしわれにかひなの重たかりけり

江東の藤も終りてうつし身にひとつ越えたるごとき歩みす

玻璃絵

レトログラスにつめたき乳をそそぎゐて戦中戦後清冽ならず

身の置き処なき明るさよフィルムに胃の腑みてきて麒麟にむかふ

国の忌も個の忌もひとつ夏花の夾竹桃のいろににじみて

乱反射なせる広場に人あらずこの世の夏は玻璃絵のごとし

心臓の鼓動とならむジギタリス鬱を伝ひて花咲きのぼれ

薬石の効うべなはむ万緑のさわだつ風に身をさしこみつ

夏の血はうすしと思（も）へどわれを継ぐわかもの一人ありて海鳴る

生活を蔑（なみ）せるこころ嘲（わら）ひつつ排水管を伝ふ水おと

鋼鉄の貨車の熱射にあふられてカンナもわれも液化をはじむ

百億光年

草薙の秋となりしか鋭（と）き鎌をもたぬ生活（くらし）のゆく方見えて

それぞれの放つひかりもて切りむすぶほかなし陳列室の刀身

素裸の石のおもてに触れくるはあをき百億光年の瞬

父母逝きし三とせのはざま茱萸（ぐみ）熟れてつばらかなるは風に揺れをり

「お訣れでございます」とふ男のこゑちちは
は焼きし日より忘れぬ

指に解く菊花の匂ひ喪の匂ひ識りゐて知らざ
るやうなる匂ひ

甘露とはまろやかな語彙（ごゐ）よろこべば白雲木（はくうんぼく）は
葉を落しけり

高層の窓よりひとり言問ひて秋しろたへの雲
を祀（まつ）れる

萩さわぐ

嘉（よみ）されて立つわれならむ萩むらを触（さ）りては
来る風のなかゆゑ

くれなゐはくれなゐをもて鎮むべし萩は残花
を正眼（まさめ）に見しむ

萩の花散るはくれなゐ細かにて土のおもての
あらあらしけれ

空はいま夕べの渚　くれなゐのいろ耐へがて
に萩むらさわぐ

青眼はときにさびしも昼に見し萩の齢によはひ重ねつ

ふる国の抒情鬱たり朝あさのつゆに滅ぶるまへの萩焚け

をみなへし

秋草の乱れたとへば三千の夜にゆだねきしわが髪ならむ

束ねればなべて秋草思はざる白露あふれて手をすべり落つ

炊(かし)ぐため食すためわが手清めつついくばく神に近づくならむ

刀の死を重ねし裔か　曼珠沙華咲くに応(いら)へて身(しん)しほはゆし

夕あかりまとふ芒の径揺れて見えざる者を従へて来つ

執しきしことくれなゐか年月のこなた乱れて吾亦紅立つ

をみなへし靡きやまざる黄のはたて見えざる
風はさびしかるもの

晩節のひかりまとへるをみなへし山越えあら
き風に遊べよ

しろがねのすすき刈りゆくひとたひら砦なす
ごと雲は囲繞す

空国のそらを仰げばいにしへも首(しるし)といふは重
たかりけむ

見尽してそよがざるものうすら陽のなかなる
ほほけ芒もすすき

夕光に頭蓋いろなる花八手近づくわれも透視
されゐむ

赤光に縁(ふち)どられたる雲の刻謀叛(むほん)ののちのごと
くしづけし

笹鳴り

鎌倉の暗渠を閉ざす蓋として笹竜胆の紋は踏
まれき

死ぬるにもおのづと順序あるごとし路上に花
の束ほどかれて

夕焼けは万象なべて滅ぼすと歳晩の空ゆく鳥
やある

香油

ユダが惜しみし香油一斤思ひをりわが足拭ふ
夕暮のまへ

墓地出でてきたる寒さに雨しぶき洪水のごと
くくるま往き来す

飛雪夜に入りてもはげし街上をまろき化（け）のも
の占めて停車す

薬室の玻璃に白き手うごきゐつ荒野をいそぐ
水のごとしも

死を超ゆるてだて見えねばきさらぎの清らな
るとき魚卵をほぐす

遠山に辛夷の花芽ひかりゐむ医師老いて白衣
まとへるあした

春の卵

列島をめぐりてをらむ海流に身をゆだねつつ
春を睡りぬ

幼なごゑ失せたる水際（みぎは）天の際（きは）うらわかき木の
さみどり立てり

春の朝ふりくる雨を雫して木木戴冠のまへを
虔む

花馬酔木ふれあふほどの風いでて毀（こぼ）たれやす
き蒼穹ならむ

ぜんまいの渦ゆるびゆく土のうへひかりとな
りて時の流るる

時おきて池のおもてを搏つ鯉の紅（こう）三尺はわれ
を鼓舞せり

よろこびの予兆となれよたはむれに春の卵（たまご）を
ころがしてみつ

樹のごとくなりたるわれもほぐれゆく羊歯の
胞子も月の夜のもの

常夏

純白を否(いな)むゆゑよし知らねども夏水仙はうすきくれなゐ

列なしてめぐるは芸のきはみにて駱駝は砂の匂ひふりまく

放たれて闇にしたがふ刻ならむ快楽(けらく)のごとく塔に遊びつ

キリストのよはひをこえし子の汝れが酢のごとき匂ひ残しゆきたり

照り映える青葉めぐりにブロンズの青年の像敗れねば立つ

暑に昃(かげ)る瞼まがなし愛さへもたたかひなりき若き日ありき

家裁前よぎりゆきつつとほき夏のわが靴の跡踏みゐるならむ

常夏のをとめの胸に触れゐつつクルスはもはや刑具ならざり

蘭の葉に月差してをりリゴリストわれに賜へる聖夜なるべし

白湯

たかはらのみづのゆふぐれ水脈(みを)ひきて夏越しの鴨・子鴨遊べる

海抜の高き道の辺はや秋の萩咲きをれどいまだ乱れず

あかねさす日の古沼に河骨(かうほね)の根茎くるしきまでに殖(ふ)えゐつ

溜めてゐしちから放てよ黄葉のはじめまばらに公孫樹(いちやう)の一樹

黄葉のきはみかがやく公孫樹(いちやうじゆ)の大いなる昼大いなる夜

縹緲とこそのみどりの視えゐるにまた重ねつつくれなゐぞ濃き

紅葉(こうえふ)を浴びつつひとり白湯(さゆ)のめば白湯のむところ古代にふさふ

刈られゆくすすきかるかや露の萩わが歳月を刈るは何者

黄のいろは日の蔭ながら繚乱の秋越えしいろ石蕗(つは)の花咲く

生き残るむざんもあらむ風すぎし逆光のなか鵙逆上す

柑橘のみのる一隈風やみて地球自転の朝ひかりあり

凩のまちのうへなる部屋の闇あをき林檎の匂ひ動けり

水汲むも流すも炉辺のことならずさざん花しぐれあかるく過ぎて

残雪

谷の口みづ湧く音は下づたふ新生代の青き羊歯むら

小恙(せうやう)のすさびと夜を読みつげる古詩のかなたを寒雷は過ぐ

夜しろき雲摑まむと手套(てぶくろ)の毛にうつしみの双手をつつむ

吹雪きつつ遠景見えずなりたればわが青眼の展くるならむ

禱りとは洗ひきよめし手なるべしふぶける雪
のかぎりなき影

残雪のなだりをうすく日の差してたれかさや
けく飛翔せしあと

繚乱のこころを出でて黄を描くそらのやよひ
はいづこなるべし

朝霧草

蓴菜（じゅんさい）の水に潜（かづ）くをさしのぞく春のまなこは罪
ふかきかな

松の花直ぐ立つちから雷鳴ののちうすずみの
雲生れやまず

マリア像のみ足すべらを見しゆゑに春のここ
ろは煽られてをり

朝ひかりあまねく差すも銀葉のいろに晶（すず）しき
朝霧草や

携ふる「天路歴程」足下より硫黄吹く山めぐりきたりつ

梢上の花

童謡の時世（ときよ）すぎたる甘藍の畑（はた）に鶺鴒遊ぶ日のあり

「空ひらけて鳩のごと下るよきことば」甘藍抱く胸に受くべき

召天とよぶ死のために集ひつつ讃美歌ののち嗚咽洩れくる

新緑を乱して風のすぐるとき壺中の闇にわれ収まらず

つくづくとわが顔人に見らるるは死にたるときと思ひ至りぬ

池の面に蓮葉ひらきてかがやくを旧りし水晶体は眩しむ

梢上の花よりゆるき風きたり煽られたるは髪のみならず

くれなゐをきざせる柘榴　灰白の死者あらためてわが裡に死す

生きてなごむえにしに遭へり夕映のうすきタイルを洗ひて立たむ

青葦の蔭に水湧く夜ならむ死にむきてゆく日をととのへむ

秋暮

紺青の空に風鳴る昼つかた空毀(こは)れなば如何なる音す

めぐりより雲騰(あが)りきて芒野は古きいくさの秋のごとしも

甲斐のくにあまねく秋のひかり満ちわれもひかりに統(す)べらるる者

葡萄収穫終りし盆地上空にうすむらさきの雲なびきをり

壮年の筋あきらけき筋兜面頬当(めんぼほあて)に擦過傷あ
り

けんけんと秋暮をわたる雉のこゑ自(し)がたまし
ひの在処(ありど)正すか

とほききづなたぐりて来たり亡き父の復元を
欲るこころならずや

紅葉の遅速の見えて対岸は唐糸縅(からいとをどし)つづれるご
とき

一山の笹鳴りのおと遠きおと祖を継ぎきたる
荒き血のおと

湯をつかふ音夜の更けにききてをり暮し蔑(なみ)せ
し日は若かりき

鯉食みしうつしみを臥すやまぐにの旅泊の闇
のまことぬばたま

玲瓏と澄む日だまりの石蕗にまつはる蜂もひ
かりを曳きて

小流れの翳れる際にひとむらの穂芒は空へひ
かりを放つ

いつの夜とも思ひわかてず更けゆくにこの世
をわたるしぐれの音す

胸壁を寒く一日しぐれゐて萩を焚く火は昨日(きそ)のいろなり

秘法

音楽のごとき大樹よ水楢の葉むら秋の葉日光(ひかげ)遊びす

わが身いかなる秋の直立鶏頭の猛だけしきに縛されはじむ

日のひかりしづかなるとき水浅く黄金の鯉潜(かづ)きゆきたり

日向より生るる思想のあらざればなだむるための瞼閉ぢゐつ

風さわぐ硝子囲(めぐ)らす秋の日を何の蜂起を待つわれならむ

敷物を裸足にて踏む感触を奴婢の裔なるごとくたのしむ

カリフォルニヤ柘榴灯下に截ちにけり赤血球とはいかなる球ぞ

雲の夜や流るるうすき夜の雲にわが目盗(と)らる
るごとく洗へり

布切のごときこころよ青北風(あをきた)にひるがへるこ
とあらぬ布切

跪くかたちをなせる石ひとつ月はしづけく照
らし出だしぬ

街のうへ昼を息づく星ありて南国の顆のした
たかな黄よ

熟れてゐる果実のかたへ静物となるべく秘法
われに教へよ

葉がくれに枇杷の花咲きのぼるべき坂のおも
てを陽は流れをり

歌論

美の健啖家——その聖と俗

1

ぬくぬくとわが中に在る胃や肝の光あたらぬ
七十五年

齋藤史の第九歌集『渉りかゆかむ』（昭61、不識書院）にこういう歌がある。「七十五年」もの間、自分とともに活動しつづけてきた「胃や肝」。けっして裏切ることなく、生きてゆくうえのエネルギー源の供給という重要な役割を黙々と担ってきたこの不思議な「装置」の存在にふと気づき、感嘆する。それがぬくぬくとして健在であるがゆえに、自分も生きて在る。そのようなもうひとりの主役への照明には、ひそかなねぎらいもあるが、読み返しているうちに、これはなんとたくましく、ふてぶてしい歌であることを思い知らされる。

ではこれを読む私はといえば、「食思不能」という厄介な症状にいくたびも見舞われてきている。食事をまえにしたとき、それを口にしなければならないと思うだけで顔に油汗が噴き出す。だから、たくましい「胃や肝」など、私にとってとおい世界の話であるが、「齋藤史」への旅のうえで避けて通れないのもまた、この「胃や肝」の問題である。たくましい食欲、たくましい消化力。そしてその持ち主はまぎれもない健啖家だと思うし、健啖家であるゆえに、美食家でもあり食通でもあるにちがいない。

「食思不能」に襲われることのある私であっても、嗜虐的に想像できることだが、そのような健啖家とは、まず食物にむかって好奇心をかきたてる。喜びの表情とともにその食物を啖（くら）う。啖うとともに、消化するための積極果敢な活動がはじまる。ということである。そこで、それぞれの役割が十全にはたらくことによって、完璧な健啖家になるのだろうが、とりわけ重要なのが「消化」である。これは「味覚の生理学」の原題をもつブリア＝サヴァランの『美味礼讃』（関根秀雄・戸部松実訳）から得た私の知識でもある。

「消化はあらゆる肉体の働きのなかで各人の精神状態にもっとも大きな影響を及ぼすもの」であり、たとえば涙もろい詩人と滑稽な詩人のちがいも、「けっきょくはただ消化の度合の問題にすぎない」——これも『美味礼讃』中の言葉である。さらに極言してこういう。「人は食べるから生きるのではない。消化するから生きるのである」と。ただのグルメの本ではなく、食こそ精神生活の根源であると説くところのこの「食」の探究書を思い起こしながら、たくましい食欲、たくましい消化力の持ち主であるにちがいない齋藤史の「飲食（おんじき）」の歌をここにひいてみよう。

今に見て居れ今に見て居れといふこころさへ
飲食（おんじき）の間（ま）はしばしゆるびぬ　（『魚歌』）

うらぶれて身慄（ふる）ひ思ふ飲食（おんじき）に追はれて心すでに死にしや　（『杳かなる湖』）

六月に入りてやうやく手づくりの青きもの食す青き菜の味　（『やまぐに』）

薄ら日の草にいこへる蝗（いなご）さへ取りて食ふべしやしなひのため　（『うたのゆくへ』）

土耳古青（とるこあを）となりたる山の四時過ぎにげにすなほなる食欲ありぬ

足らはざる腹を持ちつつ気はづかしやさしさが心に溢れ居ること

情緒過剰の人といささかずれてゐて我はうなぎを食はむと思ふ　（『密閉部落』）

なかなかに隠者にさへもなれざれば　雲丹（うに）・舌（タン）・臓物（もつ）の類至つて好む　（『風に燃す』）

うす白きなまこの輪切り不意に来る寂しさはさびしさとして食はむ

天火（てんぴ）に入れむチキンの暗き腹腔に香る茸など詰めゐる夕（ゆふべ）

田螺(たにし)らの臓(わた)ゐぐり食ふ　貝もわれももとより
皎(しろ)き肉(ししむら)ならず
単孔の暗きいとなみ引き出して朱のこのわた
のひとすぢ　香る
雪来るにすなはち啖(くら)はむ　若雞の肝(きも)むらさき
を・胎卵の朱を　（『ひたくれなゐ』）
きらめける柘榴ふくめば　地の裏側にいま火
点せるリオ・デ・ジャネイロ
血紅の魚卵つぶつぶと在りたるがはやとめど
なく破れはじめぬ
清浄無垢といふあこがれは誰のもの　朱舌(タン)の
ぬめれる表皮を剝ぎて　（『渉りかゆかむ』）
あかしやの花を食べ擬宝珠の花をたべわが胃
あかあかとなほ営めり

戦前、戦後から昭和六十年までの歳月の作品から、ここに駆け足で並べてみた。といって、もとよりそこに齋藤史のじっさいの食生活を推しはかろうというものではない。飢えとのたたかいがうたわれたり、奇妙なものをすすんで好むからといって、素食家とか悪食家のレッテルを貼ろうとすることでもない。そうではなく、あくまでも歌にあらわれた作者の「飲食」のありようをうかがい知ろうということである。

そのうえでのことだが、好奇心はさかん、食欲もたくましい、一人の健啖家のすがたが浮かび出る。そしてその健啖家は、そのたくましい食欲が質素な食事をもおろそかにしないということにおいて、食通を自任したり美食家をハナにかけたりする人たちとも一線を画しているところに私は着目する。

さらに、たくましい食欲がこころに及ぼす影響。それが齋藤史の作品をいかに独自のものにしているか。「今に見て居れ今に見て居れといふこころさへ飲食(おんじき)の間(ま)はしばしゆるびぬ」「土耳古青(とるこあを)となりたる山の四時過ぎにげにすなほなる食欲ありぬ」「足らはざる腹を持ちつつ気はづかしやさしさが心に溢れ居ること」の歌がまさにそうである。あるいはこの作者の場合、からだの属性としての器官のはたらきがこころに及ぼす影響というよりは、単なる食欲を「精神としての身体」の食欲にまで変換させてしまう力をおのずから具えているのかもしれない。
「飲食」の歌は齋藤史ばかりではない。よく知られるように、「飯はむ」「飯食ひにけり」をはじめ食物を「食す」歌がおびただしく出てくるのは齋藤茂吉である。たとえばということでいくつかをひいてみよう。

たらちねの母の辺にゐてくろぐろと熟める桑
の実を食ひにけるかな　（『赤光』）
おのが身しいとほしければかほそ身をあはれ
がりつつ飯食しにけり
隣室に人は死ねどもひたぶるに帚ぐさの実食
ひたかりけり
いきどろほしきこの身もつひに黙しつつ入日
のなかに無花果を食む　（『あらたま』）
あたたかき飯くふことをたのしみて今しばら
くは生きざらめやも　（『たかはら』）

ただひとつ惜しみて置きし白桃のゆたけきを
吾は食ひをはりけり　（『白桃』）
むらぎもの心清けくなるころの老に入りつつ
もの食はむとす　（『寒雲』）
名残とはかくのごときか塩からき魚の眼玉を
ねぶり居りける　（『白き山』）
汗垂れてわれ鰻くふしかすがに吾よりさきに
食ふ人のあり　（『つきかげ』）
われつひに六十九歳の翁にて機嫌よき日は納
豆など食む

「飯はむ」「飯食ひにけり」とうたうことじたいは珍しいことではない。珍しいのはそれがしばしばうたわれているからである。「飯」ばかりでなく、それは「粥」となり、「帚ぐさの実」「桑の実」「無花果」「野蒜」「納豆」「海苔」などとなる。そして「鰻」にいたっては、「これまでに吾に食はれし鰻らは」とうたうように、ことさらの好物であったという。

ただ「飲食」の歌ではあっても、偏愛した「鰻」はともかくとして、多くが淡白なものに属する。というのは茂吉の病弱にふかくかかわっているからである。二十七歳のとき、腸チフスに罹った。「おのが身のいとほしければ」はその病後の歌である。「隣室に人は死ねども」の歌もそうである。病中、「魚卵に似たほうき草の実が食べたい食べたい」とそのことばかり考えていたとあるが（山本健吉注）、はるかのちに思い出してふたたびうたっている（『小園』所収）。「あたたかき飯くふことを」は食養生の時代の歌。「名残りとはかくのごときか」の歌は戦後の肋膜炎で病臥したあとというように、「飲食」の歌と病中病後が結びついている。

　人から贈られた食物を感謝の念が極まって独占してしまう逸話もある「白桃」の歌も、「魚の眼玉」の歌もそうだが、茂吉の「食す」には、食物そのものの淡白さに反して、しうねくねぶりまわすところがある。生理学と心理学をまぜごぜにした「食す」なのであるが、ただ健啖家とも食通ともちがうという意味でいえば、「ぬくぬくとわが中に在る胃や肝」の持ち主とはまさに対照的である。そしてここから関心の的はしぼられるのだが、それは、齋藤史の「飲食」の歌が、強烈な生存欲に支えられたものだということである。

　史の場合に貪欲な好奇心、たくましい食欲、そしてしたたかな消化力――それらが一体となって、生存へのバイタリティーのために奉仕するのである。

2

なかなかに隠者にさへもなれざれば　雲丹（うに）・舌（タン）・臓物（もつ）の類至つて好む

雪来るにすなはち啖（くら）はむ　若雞の肝（きも）むらさきを・胎卵の朱を

医師から手渡されている私の「食餌療法」表によれば、ここにうたわれているものはすべて〃禁制品〃である。しかもあこがれの〃禁制品〃であり、それゆえに私はこのような歌を愛し、いくどもいくども誦んじてきた。誦んじながら、「若雞の肝」を、「胎卵」を啖うのではなく、その「むらさき」を、その「朱」を啖うというところにまいっている。「若雞の肝むらさき」や「胎卵の朱」が「雪」と見事に融合し、「胃袋」にもろともにしまいこまれるであろうイメージの美しさ。そこにこの歌の「食欲」の美学があるのだと思う。

単孔の暗きいとなみ引き出して朱のこのわたのひとすぢ　香る
清浄無垢といふあこがれは誰のもの　牛舌(タン)の
ぬめれる表皮を剝ぎて

「食欲」の美学は、ここでは「食欲」そのものを判断中止させている。啖うものとして「このわた」は、竹筒からなのか、ひとすじに引き出されてそこに「香る」ばかりである。同じく啖うものとしての「牛舌」は、ぺろりと皮をひき剝がされ、そこに曝されている。「食欲」の対象はストップ・モーションをかけられたストーリーのなかで、「食欲」とむきあっている。つまり、好奇心――食欲――消化という作者の「胃袋」への移動パターンをそこに肉薄させておいて、その手前をうたう。「食欲」の対象を客体として眺めるだけでなく、「食欲」そのものを対象化している歌なのである。

うす白きなまこの輪切り不意に来る寂しさは
さびしさとして食はむ
田螺(たにし)らの臓(わた)ゐぐり食ふ　貝もわれももとより
皎(しろ)き肉(ししむら)ならず

「なまこ」を最初に口にした人間はたいしたものだ、とは有名な話だが、もしかしたら史はその最初の人間になりえたかもしれない。「田螺らの臓ゐぐり食ふ」という所作にも、その資格を十分にしのばせるものがある。そして「不意に来る寂しさはさびしさとして食はむ」「貝もわれももとより皎き肉ならず」には、地球上でいちばん残忍な動物のふと洩らす美しい嘆きがただよっている。

　このように「食欲」の歌を読みついだあとで、冒頭に掲げた歌、「ぬくぬくとわが中に在る胃や肝の光あたらぬ七十五年」をもういちど私は眺める。

　光あたらぬ世界とは、ふつうにいえば虚無をゆきどまりとする世界である。しかし、この歌で「光あたらぬ」というとき、その暗黒のなかには、生きるための食物をおしいただき、消化する装置の「胃や肝」がある。だからここではけっして虚無にむける眼ではなく、むしろそれは、生存欲を満たすためにすすんでさしむけている眼であるにちがいない。暗黒の世界、見えない世界に息づく存在。そのみずからの分身にさしむけられた眼は、その暗黒を、光と闇をとりむすぶひとつの通路としてとらえているものなのだろう。

　「光あたらぬ」世界にひそむ「もの」と光のあたる世界に曝されている「もの」。それは、この一首の完結のなかで「七十五年」が共有する光と闇である。そのような「七十五年」におどろかされるのは、そこに老いはふくまれていても、老いが色濃く及んできていることを嘆くようにはうたわれていない、ということである。したたかに活動をつづける「胃や肝」。それをつつむ人間。その中身を想像するだけでもこの歌はおそろしい。

3

「胃や肝」の歌は「飲食」の歌のきわめつけだが、だからといって、齋藤史の「食欲」に決着をつけようとするわけにはいかない。この貪欲なまでの「食欲」が、史の独自性とされるもろもろの歌の背後に、原動力としてかくされてはたらいていることに、私の考えは及ぶからである。

　「食欲」をあらためて考えれば、「飲食」につながる欲であり、それじたいは俗の世界のものである。しかし、生きるため、いのちをやしなうための「食欲」は聖なるものへむすびつく。聖を求めながら、同時に俗の世界に身を置く。史のもつたくましい「食欲」は、この聖と俗という二重性をきわめて高いレベルで統一させているのだと思う。いっぽう、「齋藤史」をいうとき、見落としやすいのは、この「聖」のほうがはじめから強調されているあまりに、「俗」が軽視されてしまうことではないか。その結果は、「齋藤史」の何もかもを天上のかなたに祭りあげてしまうことになりかねない、ということである。

恋よりもあくがれふかくありにしと告ぐべき
　吟(さまよ)へる風の一族
田螺(たにし)らの臓(わた)ゑぐり食ふ　貝もわれももとより
皓(しろ)き肉(ししむら)ならず

かりに前者を「聖」の世界、後者を「俗」の世界にむすびつく歌として組みあわせておこう。史が「風の一族」「風のやから」を言葉にするとき、それはみずからの「現在」を「過去」にも「未来」にも融合させてしまおうとする、現実時間の聖化ともいうべきつよい希求があってのことである。「はるかなる天山南路こえてくるあれは同族(やから)かいまだに呼べり」（『うたのゆくへ』）とあるように、「風のやから」が自分を呼んでいる。その「風のやから」はもっとさかのぼれば、「まなこさへかすみていひしひとことも風に逆らへば聞えざりけむ」（『魚歌』）とあるように、癒やすことのできないいちにんのかなしみのこえなのかもしれない。

「恋よりもあくがれふかく」とうたう。「恋」にははじめがあり終わりがある。しかし、「あくがれ」には無限の時間がある。その「あくがれ」に身をゆだねれば、はるか彼方に連れ去られてしまう。そこのところを史は地上に足をつけて踏んばる。いわば地についた憧憬である。

地についた——といえば、戦後のあの『やまぐに』のころがそうだった。土にまみれ、逃避することなく、したたかに生きぬく生活の歌だった。それを支えたのがたくましい「食欲」だった。「風のやから」と「したたかな生活者」と、両者あわせてはじめてわれらの齋藤史となるのである。

ふたひらのわが〈土踏まず〉土をふまず風の
　み踏みてありたかりしを

「風のやから」と「したたかな生活者」を止揚させたところに、この〈土踏まず〉の歌の真意があるのだと思う。
　さて、「美の健啖家」という表題を掲げ、きわめつけとか止揚とかを言い重ねてしまったが、ここまできて出すべき最後の切り札はといえば、それはこの一首だろう。

嘴鳴らし花喰鳥のくるといふ花喰鬼とわれは
　ならむか　　　　（『ひたくれなゐ』以後）

（『齋藤史論』昭和62年6月・所収）

エッセイ

わが歌まくら――塩山

塩山は父祖の地である。えんざんという男性的なひびき、文字からくる武骨なイメージがあって、私には縁遠いところのものだった。それが年齢のゆえか、かかわりの地として訪ね歩くようになったのは、数年前からのことである。

塩山にえにし踏みつついくたびかわが生の緒をあられすぎたり
雪舞ふを乱世と思へ甲斐ふかき夜のはじめに川魚を食ぶ

地図のうえでは私の住む東京とは隣県である。山に囲まれているのに、さらに町なかに標高五百メートル余の山がある。地名の由来はこの「塩ノ山」にあるが、おそらくは、甲斐にも塩の山があるぞと誇示する気持ちがあったのだろう。それにしては小さくかわいい山である。

その塩山訪問も、今年はひと味ちがっていた。「雨敬」（あめけい・曽祖父の愛称）の名を冠した葡萄園というだけで素通りしていたその葡萄園が、私の曽祖父の生家だったことがわかったのである。ゆかりのあるらしいその家で見た古い記録が手がかりとなって、すこしずつルーツの糸がほぐれはじめた。

塩山といえば恵林寺。武田信玄の菩提所である。その宝物館で、出陣之図のなかに「雨宮」の名を見付けた。騎馬隊の先陣というリスク満点の配置である。いのちがいくつあっても足りないのではないか。そんな思いが、秘蔵の不動明王像の形相と重なっていた。

枯寺のうすくらがりは焔を負ひて忿怒の像のたくましく立つ

この古刹（こさつ）からさらに奥地の川浦温泉へ、が私のお定まりのコース。数ある信玄のかくし湯のなかで、川浦は信玄直筆の開湯許可証をもつ。

ルーツ探しに名を藉（か）りながら、私のほんとうのねらいは、透明で湯量ゆたかな川浦の湯につかることにあったのかもしれない。

かつては武装した父祖が血をたぎらせ、刀創を癒（い）やしたであろう土地であるが、いまはその末裔の一人が、疲れた身を湯に沈め、樹々を越えて、ひろびろとした空を眺めているのである。

人の世の掟（おきて）解かれて仰ぐべし雲ゆくひかり空
ゆくひかり

（「朝日新聞」昭和63年7月23日）

「ない」の証明

暖冬のあと、桜も桃もいちどきに咲きはじめた。そのにぎわいとうらはらに、病歴ばかり豊富な私自身のことでいえば、「病むおそれ」のひそやかな季節の到来である。

東京に引っ越してからも通っている湘南の病院でのこと、今年もしぶしぶ受けた検診で、胃にポリープらしきものが見つかった。そこから、同じく馴染みの都心の病院に回されて、精密検査となった。

最悪の通告に対しての覚悟はいつもできている。その日がきて、胃カメラを呑んだ。細い管の先が私の暗部をさぐっているようだった。ポリープ探索に予想外の時間がかかっている。先生、まだでしょうか。思わずこういうと、いや、ない。「ない」ものをないと証明するのだから容易じゃない。「ある」ものを見つけるほうがずっと楽なんだよ、という医師の返事。それからしばらくして、フィルムに映し出されていたのは気泡であることが判明、解放された。

なるほどと思った。「ない」ものをないと証明することのむずかしさを、である。「ない」ということで私にも思いあたることがあった。それは四十年もむかしにさかのぼる。

そのころの私は、卒論のテーマとして「大皇太后宮甲斐」を与えられた。むかしもいまも卒論では人気の高い式子内親王でもなければ和泉式部でもない。勅撰集の歌人ということで、選りに選って素性不明の女人だったのである。平安朝女流歌人のなかで「詞花和歌集」に二首を残し、源経信・俊頼父子と交流があることを歌の詞書で知るだけというこの大皇太后宮甲斐とどうとりくむのか。

はじめの一年はほとんど手つかずだった。しかしふとひらめいた。そうだ、経歴がないのなら「ない」という証明をすればよいのだ、と。年月が経ったいま、詳細は忘却のかなたであるが、そう肚(はら)を決めてからは、あちこちの図書館に通い、文人・歌人の系譜を記録した「尊卑分脈」をはじめ、当時閲覧できるかぎりの文献をたどった苦労だけは、いまも忘れない。

けっきょく、大皇太后宮甲斐とは経歴が不明という実証を積み重ねたうえで、その副産物として、歌合わせのなかから、四条宮甲斐と同一人物であるという推定もおまけについた。

まぼろしでもなく不在でもない。ここでいう「ない」とは、はじめからそうだったのではなく、原因と結果から解放されることによって、はじめて「ない」となるものである。はたちの年頃(としごろ)の私がこのように「ない」の証明から出発したのは、現在の自分にとって何か大事なことだったのではないか。

「ない」の証明というよりは、「ない」の発見。――長い間気づかずに生きてきたが、精密検査さわぎでの医師の言葉がきっかけとなり、いま私は、このことに妙にこだわりはじめている。

（「東京新聞」平成元年3月25日）

身辺をととのへゆかな

湾岸危機から湾岸戦争へ、そして戦争が終結したあと、悲惨な事実がつぎつぎと伝えられてくる。まだ寒い日がつづくなか、身の回りには水仙や梅のあと桜の季節が近づいていて、今年ほど春が待たれた年はない。そうしたとき、ふっと口を衝いて出た一首。

身辺をととのへゆかな春なれば手紙ひとたば草上に燃す　　小中　英之

以前、この歌に出会ったとき、ソフトな調べ、淡々しいリリシズムのゆえに、すぐに私の愛誦歌のひとつになった。しかしいまはちがった。もっと身につまされるものが、この「身辺をととのへゆかな」にある。春の愁いに収斂されるまえの衝迫。それが作者というよりも私の内側から浮かび出る。身の回りをとりまとめて、ではさようならとでもいうような、そんな誘惑を秘めているのである。あるいは、作者のもともとの意図にようやく近づいたというべきなのか。

私には幾度かの人生上の挫折があり、おまけに病気にも見舞われてきた。それでもどうにか生きている「身辺」にひきよせて、ひとつ思い出すことがある。二十余年前にさかのぼるが、京都に嫁ぎすっかり京都人になりきっていた姉が、私を気遣って漢字の一文字を問い合わせてきた。私の名前と生年月日をもとにさるところで占ってもらった結果、その一文字を名前にもつ人の霊を背負ったままでいる妹さんに、しかるべき魂鎮めをせよとのお告げをいただいた、というのである。

漢字の一文字、思いめぐらせているうちにはっと気づくことがあった。それは私の若き日の歌仲間の一人の姓ではなく名の頭文字だった。歌仲間であり恋人であり早逝したその人を忘却のむこうに置いてしまって生きていたのである。もちろん、私の歌修業のことも恋人のことも姉は知らない。私のほうも、姓名判断とか易断とかを信じないできたので、心底びっくりした。

遺族とは疎遠のままだが、Z霊園が記憶にあった。そこで好奇心の旺盛な夫と訪ねた。墓は見つかったが、ご本人の遺骨は管理事務所預かりになっていることが分かった。先方の家にもそれまでの事情があったのだろう。記録をたどり母堂の消息を知り、再会も果たせた。その後三十年祭も済ませたと聞く。

お告げ通りならば、その人の霊は私の背から解放されたはずである。しかしそれからも私は二度の大病をした。現在も病院通いは欠かせない。桜の季節を待ち切れずに、寒明けのある日、ふたたびZ霊園に足を運んだ。そして、どこかここか具合が悪いとぐちりながらもこうして生きている私は、青年のままこの世を去った人の墓にむかいそれぞれを隔てる苛酷な歳月を思った。

「身辺をととのへゆかな」とまた口を衝いて出たが、私には「草上に燃す」手紙の束などない。あえて燃やすものはといえば、それは「歳月」なのかもしれない。そして「歳月」を燃やしたあとの私に何が残るというのだろう。

（「東京新聞」平成3年3月23日）

地図にない場所へ

昭和ヒトケタの作家や評論家の死があいついで伝えられている。そのなかで、昭和ヒトケタは血管がもろいとご自身の文章に書かれた阿部昭さんのとつぜんの死は、私にとってショックだった。

生前の阿部さんと面識があったわけではない。読者の一人であって、いちどもお目にかからずじまいだったが、身近な言い方をしたのは、阿部さんの長編エッセー『十二の風景』の一話「地図にない場所」が私にかかわるものだったからである。

私にとってそのいきさつは大事なものだった。それは、かつて私と夫とで「鴟尾」というささやかな個人誌を出していたころにさかのぼる。四十代も半ば、何かしなければというあせりのなかで思い立ったことだが、季刊A五判、わずか十六ページ建てが十二ページになったりしても、ともかく二十二号までつづいた。その間、私は二度の大病に見舞われたが、気分だけは若かった。

そこで、自分できめた〆切りに追われて、カトリック作家のことを書きついだ。ときに休載ということもあり、その合い間を埋めるのに、思いつくままに読書体験を書くという「本への旅」をあてた。その一つが、少女時代に人から贈られて病床で読んだ童話本の話である。『ばらいろ島』というその本が大人になってからも忘れられず、作者はいったい誰なのかということにはじまる。ようやくシャルル・ヴィルドラックであるのを探りあてたこと、戦後まもなく学生時代の芝居や愛誦詩にまで思いが馳せたこと、などである。そして、尾崎喜八氏訳のヴィルドラック詩集はもう手元にないが、記憶を頼りに、たとえばこんな詩だった、こういう内容だった、と大意を書いた。

ここまでは私の個人誌の話である。その後、それまで棲んでいた茅ヶ崎市から東京に移っていたが、藤沢市の局の消印で厚い封筒が転送されてきた。出てきたのは雑誌「文藝」で、差出人は阿部昭さんだった。連載中のエッセー「言葉ありき」に、私のその小文のことが書かれていたのである。

「鴟尾」のその号を阿部さんにお送りしてから五年近くも経っていた。阿部さんはその間、何度か読み返し、尾崎訳の詩集の現物をぜひ探し出したいと心に留めていたが、ようやく地元の図書館の薄暗い片隅で手にすることができた、とある。

『尾崎喜八訳　ヴィルドラック選詩集』昭和二十一年九月三十日発行。東京都日本橋区室町三ノ一不動ビル、寺本書房。ぺらぺらの紙表紙、赤茶けた本文、活字もかすれがちな、粗末な本。――そう読んで、私もとおい記憶がもどってきた。たしかにこれである。

私が心に書きとめていた詩は、「延長」と題した一篇で、ここではその一節にとどめるが、阿部さんは全文を引用している。「なかば慰みに、なかばきほつた心から、／深い水へわたしが投げた／太陽に焼けたあの小石、／その時以来、幾月を、幾年を、／あの小石は待つのだらう、／ひとりの神が新しく世界を変へる其日まで、／藻にとらはれの従順な奴隷となつたあの小石が。」

いっぽう私が記憶していた詩の内容とは、「子供のころ、気ままに拾った石をなんとなく池に投げ込んでしまったが、その池がこれからさき涸れない限り、石はもう太陽の光を浴びることはないだろう」というものである。まったくあやふやな私の記憶に対して、ほんとうはこうだと証拠をつきつけられたのか。そうではなかった。

阿部さんは、尾崎訳の詩と私の記憶とを一字一句突き合わせて、違いを言うために引用したのではなかった。それどころか、一人の人間の心にはぐくまれて、すこしずつ変容しながらも、いつか不動のものと化す言葉。言葉とはそのように人の心に食い入り、本そのものから離れても大きく根を張って、その人間の人生全体を変えてしまうことがあるのだ、と言ってくれている。

そして、それにしてもという阿部さんの結びがある。『ひとりの神が新しく世界を変へる其日まで』――ということは、われわれの目からすればもう永遠にと言うに等しいが――二度とふたたび太陽の光を浴びることがない小石――というイメージは、実にささやかなものであって、同時に無限の戦慄を呼び起すものではないか。その先へ先へと延長して考えて行けば、ただ目まいがするばかりの、人間の頭では思考に堪えられない、悪夢の世界さながらではないか。」

むかし私が書いた小文がとりあげられたといってよろ

こんでいるのではない。行方知れずになった「私の本」の作者の詩が、「地図にない場所」のひそかな出来事として、すぐれて書きあらためられていることこそがうれしかったのである。阿部さんのこの連載はのちに『十二の風景』(河出書房新社)となり、これもお手紙とともに阿部さんから贈っていただいた。

「旅をしつづける本」ということを私はふと考える。幼いときに現われた一冊の童話。それが大人になってからも記憶に残り、やがてかたちを変えて再会する。ところがその童話の作者の詩も、それとは知らずおぼろげに憶えていて、あるとき、人の書物のなかで、すべてが一つに結び合わされる。

そのように「旅をしつづける本」の存在を教えてくれた阿部昭さんも、「地図にない場所」へ旅立ちされた。

(「群像」平成元年8月)

情熱の論理――〈『愛の砂漠』覚書〉

モーリヤックの『愛の砂漠』を読むたびに新たな思いに駆りたてられてきた私にとって、それは、一篇の小説というよりは、一冊の「情熱に関する研究書」である。一人の女をめぐる二人の男の激しい恋情と失意、といえば単純な話であるが、この『愛の砂漠』は、燃えあがるときどきの炎のかたちに、人間の孤独と苦悩が深く翳をおとし、虚しさというよりは痛みを、読み終えたあとの私のこころに残すのである。

物語は、自分をかつて辱しめた女マリア・クロースと、パリのバーで再会した青年レイモン・クーレージュの回想にはじまる。十七年前、レイモンがはじめて彼女と出会ったのは、ボルドーの町の通学途上の電車のなかである。もともと美少年であるのに自分を醜い汚ならしい片輪者だと信じて疑わなかった十八歳の少年。その彼にむけたマリアの視線には、他の人びとが見せた好奇心や嘲笑や軽蔑はいささかもなかった。その一瞥が「薄ぎたない中学生の中から新しい人間を躍り出させた」。

しかし、「春はしばしば泥の季節」である。彼女が評判の囲われ者その人であることを知ったとき、彼女が無理にも清純だと信じている少年の頭には、「ああいう女には、暴力に限る」という不良仲間のセリフがあった。「母親以上のものに、友だち以上のものになってあげること」を夢みていた女に対して、少年は「この果物が自分のものになるということ……いかに摘みとりいかにして食べるか」を知ることのみに没頭した。

少年の最初の訪問は、「安全と無垢」の印象を受けて終わったが、自分の創り出した少年に対する夢想と煩悶に身を焦がしたあとの空虚を隠しきれずにいた女のまえに、ふたたび少年は現われた。しかし、生ま身の少年のあまりの子供っぽさ、性急に彼女を求める厚かましさが、彼女を幻滅に陥れ、永遠に少年を遠ざけることになってしまう。レイモンの放蕩がはじまった。ものにすることによって「マリア・クロースの流すべき涙を彼は生涯ほかの女たちの頰の上に流させ」つづけたにもかかわらず、あのとき「女を面罵することさえ出来ずに」彼女の家を態よく追われたという考えが、長い年月、彼を苦しめた。

「われわれはすべてをわれわれを愛してくれた者によってこねられ、こね直された存在である」とモーリヤックはいう。マリアは最初の一瞥によって一人の少年を創り出し「自分は女に抵抗されるような男ではないということを自分に向って証明することが、やがてその偏執となる一人の青年を、この世に送り出した」。彼女は、「彼を軽蔑することによって、自分の作品を完成させた」のである。

いっぽう、レイモンの父ドクトル・クーレージュもまた、同じ女マリア・クロースにひそかに心を奪われていた。ドクトルは、社会的地位もあり分別もある真面目な人間で、家庭の柱としての責任を十分果たしている。しかも彼は自由な魂の持主であり、マリア・クロースに対しても、世間でいう遊び女の風評を否定する。夫に死別し幼い子供のために心ならずも男の世話を受けることになった彼女の境遇を理解し、一人の女性として認める〝良識〟を持っていた。

妻や娘、息子、母などに囲まれながら互いに心をかわすことのない冷たい家庭――。息子レイモンを愛してはいるが、打ちとけるすべを知らないこの五十二歳の男は、家庭にあって、まったくの孤独を嚙みしめている。医学者として、学問に情熱を奉仕する。その多忙な充実した時間の隙間に、恋愛の時間は人知れず忍び込む。しかし、「自分の熱愛するものに自分の心をとどけることのできないのが、彼の性質の常だった」。

彼はまた、「想像力型の人間」に属していて、「精神の領域においては、小心翼々のこの君子は、いかなる障害も知らず、恐るべき虐殺を前に尻ごみすることもない――全く今までと別な生活をつくり出すために、頭の中で全家族を抹殺することさえ辞退しないところまで空想を走らせる」。

空想が書きあげたシナリオに絶えず手を加えながら、愛する女との会話がエスカレートしてゆく。「……あなたに残されたことは、愛情を引換えに何物も要求しないでいることのできる一人の男に自分の身も心も委せることだ」「まあ何をむちゃなことを! 奥さまはどうなさいます? お子さまは?」「あれらには私は不必要だ。生きながら墓に埋められた者には、できれば、自分を窒息させる墓石をはね返す権利がある。……あなた一人を食べさせることくらいのことに苦労はしない」。

こうした空想は、現実のマリア・クロースによって、つねに打ち砕かれてきた。彼女はドクトルに関心を持たれているのがたいへん得意ではあったが、ただ尊敬の念に満ち、「私がお近づきになったいちばん高尚な方」をくり返す。ドクトルに捧げる「無理強いの崇拝」が、こうして彼の恋を絶望に陥れるのである。

モーリヤックは、はじめ息子レイモンとマリア・クロースを主人公とする物語の挿話的人物として、このドクトルを登場させるつもりだった。書きすすめるうちに、この人物は作者の意図に反して、ひとりで前面に押し出してきて、ついに小説全体を覆ってしまった、と『小説家と作中人物』のなかで告白している。

　意図しなかった主役としてドクトル・クーレージュが躍動するのは、ある晩、中二階の窓から落ちて頭を打ったマリア・クロースのもとに駆けつけたときの場面である。ドクトルはマリアを愛している。しかし、いまは彼女をあきらめ、死んだ人間がわれわれを愛するときにはそうするだろうと思われる愛し方で愛している。女の枕もとにすわっても、一個の医師として、「この肉体は治療するために彼に委されているので、所有するためではない」とみずからにいいきかせる。もはや「澄み切った彼の精神が哀れな恋の行く手をふさいでいる」。

　父親とその息子のそれぞれの愛を一身にあつめながら、二人をともに絶望に陥れてしまうマリア・クロースとは、どういう女か。彼女は、「快楽と嫌悪」が同時にみずからを襲ってくる種類の人間に属していた。彼女は求めているものが、同時に自分を恐れさせるものであり、そこから逃げることだった。レイモンとの出会いにおいて、みずからが創り出した少年を「無上の快楽に満ちた秘密の実在の唯一の現れ」としながら、「飢えのために、欲望のために、醜く歪んだ」現実の少年を前にして、彼女は逃げ出した。

　しかし、あのとき——とマリア・クロースはひとり思いめぐらす。「あの小山羊が一足飛びに……なぜあの無器用な熱中に身を任せなかったのだろう！　自分の体をもみくちゃにすることによって、その中に想像もつかぬくらいの安息を見つけることができたかも知れないのだ。ことによったら、安息以上のものを……ことによったら、愛撫の極致が埋めることのできない深淵は人間同士のあいだには存在していないのでは……」。

　マリアは、かつて彼女を囲い者としている男から、「お前には何が欠けているのだろう？　木でできているのか……」といわれた。何が欠けているかを考えるが、恥ずかしさだけがあとに残る抱擁など必要でなくなるような、「恋が一言も言葉を発せず、しかもその恋を感じていられるような」――そういう静けさを思い描く。そして、どんな愛情に満ちた家庭があったとしても、彼女を救ってくれることのできないもうひとつの寂しさ――「われわれがわれわれ自身の中に自分で奇怪な種族に属している人間だというしるしを認めて覚える寂しさ」――。ドクトルが彼女との間にある砂漠を思い知ったように、マリアもまた、一時的にせよ、自分の心のなかに、砂漠の沈黙を見た。

物語は、巻末にきて、パリの同じバーで、この日のためのに、女に対する復讐を遂げることだけを待っていたレイモンが、囲われ者だった相手の男といまは結婚して、平凡な満足をえているマリア・クロースと再会する場面に戻る。あれいらい何人もの女を征服してきたがむしゃらなレイモン。彼は「往年の姿」のままのマリアを目の前にして、心ならずも、十七年前の「恥ずかしがり屋の少年」にかえってしまっていた。そして、彼の生涯でただひとつ意味を持った思い出に応えたのは、マリアの歯のたたない「無関心」である。レイモンとの思い出は、もはや彼女にとって退屈なものでしかない。

小さな出来事――飲みすぎた彼女の夫が溢血で倒れたことがきっかけで、レイモンはちょうどパリの学会にきていた父を呼ぶ。年老いたドクトル・クーレージュもまた、空白の年月をいっきょに埋めつくそうと、変わることのない「執心」をマリアに示す。しかし、彼女にとって、二人は、忘れたくてたまらない思い出をいっぱいかかえて「上げ潮の連れ戻すやっかいな溺死人」でしかなかった。

モーリヤックは、レイモンの「情熱」をこう辿る。「二度と会うべきではなかったのだ。彼のあらゆる情熱は、十七年この方、自分では意識せずに、マリアに向って燃やされていた――ちょうどランド地方の百姓が野火を食い止めるために反対の側から逆に火をつけるように……だが再びあの女を見てしまった。火は今までになく強烈になってきた。それで火事を食い止めようとしてつけた火のために勢いを増してしまったのだ」。

レイモンは父の告白を聞く、ながい間「頭の中で放蕩しつづけた」ということを。家庭という自分の巣をいくども心のなかで踏みつぶしてきた。妻に対する二、三の不忠実な行いのほうが、心のなかの裏切りよりもどれだけましか、と。頭のなかの放蕩——これもまた父の「情熱」である。そして、死ぬまで苦しみつづけるであろう姿をみて、父が「もし仮に放蕩をしたとしても、放蕩が彼をその情熱から解放してくれたかどうか」と思う。「すべては情熱に奉仕する」。ドクトルにとっては「断食がこれを刺激し」、レイモンにとっては「飽食はこれを強める」。「情熱はわれわれを畏怖させ、われわれを魅了する。しかし、われわれがその誘惑に負けてみれば、われわれの気の弱さが情熱の要求にとてもついて行けない……ああ！　情熱とは気違いのことか！」。

ひとりの女に対する愛の残骸を、期せずしてともに見届けることになった哀れな父と息子。心をかわし合うことのなかった父と子は、その女を仲介として、「別の血」によってはじめて結ばれた。ドクトルは、いまは唯一の安息所となった家庭へ埋没すべくパリを発つ。それを見送る息子レイモンに、ついにふたたび見ることのない自分自身の部分を認めながら……。

レイモンがもしもマリア・クロースを獲得していたら、彼に別のどんな人生があったろうか。また、ドクトルがマリアと生活を共にすることになったら……。マリア・クロースは、そのときはもうマリア・クロースではなく別の女になっていただろう。情熱はすぐに、あるいはゆるやかに燃えつきる。レイモンの女がつぎつぎに変えられていったように、ドクトルの妻がそうであるように、「低級な仕事に毎日体をすりへらすもの、さんざん労力を捧げたものの痕跡」をその女に見ることになろう。

重要と思われるのは、レイモンもドクトルも、マリアを手に入れ損ったということである。「絶対に手にはいらないとわかっているものだけしか値打ちがない」。それゆえに、十七年という年月を燃えつづけるそれぞれの「情熱」をもちえたのである。

「肉体を愛することは、存在を愛することではない」と、モーリヤックは『続・内面の記録』に記している。「肉体を所有し、これを享楽する」人間のエネルギーとしての情熱が移ろいやすいことをいっている。移ろわない情熱の存在としてのマリア・クロース。それは存在するか存在しなかったかどちらかである。だから、獲得しえなかったマリア・クロースは、二人にとって、〈不在者〉ではないだろうか。モーリヤックの眼は、この〈不在者〉にしかむかない二人の男の内部を深く見通そうとする。

　ひとつの愛に刻印されて、その後の人生を運命づけられてしまった青年。手にしえなかったひとつの愛をうちに深く隠し、閉じ込めてしまった哀れな老年。二人のうえにつづくのは、ただひとりの女がいないという無限の時間である。そして、けっして手にとどくことのない女であるがゆえに、このうえない孤独が、ひとりの女との「緊密な交渉」を彼らに課す。レイモンもドクトルも、こうして〈不在者〉としてのマリア・クロースを、それぞれ所有することになる。

　限りなく燃える情熱の炎の、激しさ、おそろしさ、そして虚しさ――モーリヤックは、何気なく過ぎてゆくわたしたちの人生の奥深いところに、ひとつのゾンデを挿し込むことによって、それを『愛の砂漠』という、もうひとつの「現実」に置きかえたのである。

（「鴟尾」15・昭和50年11月）

解説

鹿のように

春日井　建

旧約の『雅歌』では、エルサレムの女子らに、「我なんじらに誓いを請う。愛のおのずから起こる時まで殊更に喚び起こし且つ醒ますなかれ」と歌い命じている。

雨宮雅子氏の『雅歌』は、愛のおのずから起こり、醒めたときに詠われた、鹿のように敏い歌集である。

　玲瓏と時流れゐつ禾（のぎ）ひかる野にわかき日の雅
　歌をひきよす
　雅歌よりの名をわれと子と頒ちゐて距つ月日
　のときに光るも

しかし、この二首を見てもわかるように、「愛のおのずから起こり、醒め」るまでには長い時間がかかっている。その歳月のむこうから、作者は雅歌をひきよせ、距てた月日のときに光るのを見ている。

「あとがき」には、「幼い時に離別したただ一人の息子が、見上げるような長身の青年になって私を訪ねてきた。私自身を忘却のかなたに置き去ろうとしていた歳月が、そのように私をとらえなおそうとしている」と叙されている。

頒ちあう「雅歌よりの名」とは、勿論一人は雅子氏であり、もう一人は、

　風の日の夜をきたれよいささかの楽（がく）をかなづ
　る若者ならむ
　一閃の飛燕のひかり　とほき子よわが日月を
　奪ひて生きよ

と詠われている雅美青年である。二首共に、「夜を来たれよ」「日月を奪ひて生きよ」と命令形をとっている。この措辞のよってきたるところは、雨宮氏が志をもつ直

情の人であるからだろうが、それに加えて、氏がキリスト者であり、聖句の表現に親しんでいることにもよるのだろう。氏の力作には実に命令形をとった歌が多い。

祷るほかなき悲しみを纏ふとも誦すなれば
〈主よわれを去り給へ〉
洗ひたるグラスしきりに雫せり陽の射すかた
に美（よ）きことばあれ

雨宮氏にとって「雅歌」とは、だからただ雅びな歌というようなものではない。歳月の沈黙のなかで、呼ばず、醒まさずあった愛の傷みを包みこんでいる。

優雅とは酷薄に似つむらさきの絹は荒れたる
指こばむべし

さて、「愛のおのずから起こる時まで」とは、一人歳月の彼方からやってきた青年にだけ言うのではない。父や義母との別れ、人や物との出合い、すべてが作者に雅歌をうたわせるために用意されたものだった。印象に残った歌を書きとめておこう。

漂へる歳月ここにゆきつきてしぐれに鴨のむ
れ翔ちにけり
冬牡丹あかるくくらくゆらめきぬ夫の壮りに
沿ひ得ざるかや
死へむけて放つことばをととのへよ菊一束に
黄のひかりあり
癒さるるなき傷にしも風過ぎよかのエルサレ
ム棕梠の聖日

（「短歌現代」昭和59年12月）

雨宮雅子の世界

田村雅之

冬ばれのあした陶器の触れ合へば神経の花ひらきけり

詩の世界は、言葉の装飾と体験が織りなす純粋の体系だから、律動のある表現に向けて、作者はあらかじめ聴覚や視覚を含めた五官や音声の形式やらのあらゆる機能を作動させておかねばならない。それはちょうど「瞬間の王」とひそかにわたしがイメージしている蜘蛛が糸を分泌して張る、あの網に似ている。美神は祈りの対象であるという。迎えるからやってくるのか、彼方から不思議にとらわれにくるのかわからない。とにかく、そうした諸々の前提ののちに「神経の花」はひらかれるのである。

冬晴れの朝、流れるように感受する作者の意識だけが佇立しているようだ。まずは雨宮雅子の感受性の文学の出立である。

それでは何故、作者は作者という個を決定するはずの独自の思惟や観想を提示するのでなく、それ以前のいわば未生の姿、純粋な感性に言葉をあずけて疑わないのだろうか。じつは、そこには対極に付置されるはずの外界、知による世界像の構築を固くみずからに禁じる作者の方法的態度があるのだ。ひたすら、形式への意志、つまり秩序や明確を避け、心理の襞に表現の緊張のすべてをなげこむ方法がとられている。

無色透明感のあふれる、清浄の景色がそこにある。「神経の」という五音と「ひらきけり」という五音のあいだに、無音の二拍を抱いた「花」という名辞を意図的に置いてみせたところに、この作者の心理の暗所があるのだ。言語構造の、いたるところに付置されているこうした心層の裂け目、そこに作品の真髄を見ることができる。「おもふこと、ひたぶるなるときは、言たらず」といった真淵の言葉を思いだす。

洋凧を糸に張りたるなかぞらの風の手ぢから握りしめたり

陽は秋の水に流れてゆく方へ鯉の幾尾がゆらゆらと追ふ

渾身のちからに余る暗黒を曳きつつわたる極月の月

これらの歌の底部には、言葉にならないほどの波瀾万丈の来歴の劇がしずめられている。善や悪、美や醜を越えたところで、なお息づいている内面の劇ゆえに歌は成立するのだといっていい。

宙空を吹く風の力を凧糸を握る手に感じる。その手ごたえを「風の手ぢから」という独特な言葉で表出する作者の厳密な言葉に対する態度はそれじたいでなにものかである。幾何学的にしつらえた光景に、「風の手ぢから」という実感の言葉を声調の中心に置くだけで成立させる歌の世界は、想像以上に作者の内面の劇が強烈で、かつ奥底深くに重く沈んでいることの証しである。蕪村の空間を超絶した名句「いかのぼり昨日の空のありどころ」に劣らぬすぐれた詩の宇宙がそこにある。

「渾身のちから」の歌も、幾何学的な曲線が視線の移動によって描かれる。「渾身のちからに余る」という言葉で内面と外界との張力は限界に膨らみ、「余る暗黒」とア音の頭韻をふむことで、色彩的には陰暗でありながら、逆に陽性の世界の温もりを倍加させている。脱力の感覚を充分に味わせておいて、反転して下句から陰の、冷たく鋭ぎすまされた極月の曳線が抽かれていく。技巧的な歌だが、ここでも現実社会の圧倒的な重量に相対峙する不可能性の夢や願望を短歌的声調の底に読みとることができるのである。作者雨宮雅子は、ただ単に極月の月が弦を曳くその美しさにみとれているだけではないのだ。みずからの力ではどうすることのできない現実世界を眺めるとき、宿運のように茨の道を渉ってきた歳月が同時によぎる。対象を宏大につかんでいる視覚のイメージは、幾何学的にくみあわせて構成され、知性の内核となって読者に伝えられる。生活者の諦念が作者雨宮雅子の美意識の根底になっているので、その消去された心理の襞はいっそう強烈に一首の内部世界として映ってくるのである。

冷えゆける石に坐しをりゆふぐれを翼なければ俑となるまで

冬雷のすぎて藍濃く竜の玉こぼるるひかり摑みがたしも

大寒の朝を声なく軽鴨の胸に分けくる水ひかりをり

寒雀ちちと鳴きたち石に陽のさすは小恙(せうやう)の幸にかも似む

つつまれてあること、そこに掛け値なしの平安がある。そのことを知るには、等価の孤絶した魂の渇きと不安を代償とせねばならない。雨宮雅子の世界にはイロニカルな悲しみの代価が静かに横たわっているのである。小さな藍色の竜の珠(み)、作者はそこに詩の現在を見定め、みずからの現在をも貫ぬく夢を投影している。「竜の玉ひしと充ちをりうつしみを貫く夢のさむきむらさき」「ゆめよりの風響みゐるこのあした瑠璃清浄の竜の玉あり」と、前歌集『悲神』でも拾いあげている竜の玉。緑の細い葉群に隠れてひっそりと位置する大和(やまと)の色。「こぼるるひかり」という常套句も「竜の玉」ならばこそふさわしいのだ。そして作者雨宮雅子はその露に濡れた小さな美しきものを摑みとることができないという。ここに作者の信の構造、信仰者としてのありようをみてとることができるかもしれない。象徴と呼ぶにはフラグメントにすぎるこの歌の小空間の世界の含意は、濁世を前にはかない抒情を統べる作者のこころの姿を示しているようにみえる。

「朝を声なく軽鴨の」という虚ろな空間の静寂な世界も、水脈ひく水面のその一点に集中するための外界の「大寒」という季の単純な限定も、弱きものへのいつくしみに注ぐ作者のフラグメントな措辞である。修辞的な小世界にもこうした律動の操作によってすぐれた詩の肉体（ボディ）を獲得し、作品価値は決定されていくのである。

不在の存在、あのプルーストが見出した失われたものを求める文学である。ちちと鳴きわたった雀の、一瞬前までそこで土砂をついばんでいたあたりに、小春日和の陽が差していたという情景。白日の記憶を凝視することで、のっぺらぼうの現実界に空洞があき、忘却の時空間に不思議なリアリテが生じてくるのだ。だからもうそこでは「小恙の幸にかも似む」という言葉は言葉それだけであって、順直な意味以外を読者は必要としないのである。時間と空間のはざまでこのように孤立し、分裂している作者が屹立していることだけが一首を立たせているのである。封をされた壺のように閉じこめられている自意識の自覚が、雨宮雅子の歌の底部を流れる基本的な旋律である。作者は、時間と空間に断絶され、空白のなかに孤立した意識の自己同化を希求し、はてしない無化へ向けて探索していく。失われた時と場所、すなわち自己の存在の発見と回復を求めてやまないのである。

詩的体験の結実によってなる一巻の歌集には、作者の私性がある具体をもって顕われる。雨宮雅子の第三歌集『雅歌』にも、歌群が作歌されるその時期に遭遇した、いくつかの人生上のクリシスがある。ひとつは二十年ぶりの愛息との再会であり、もうひとつは父君と義母の二人との死別である。

雅歌よりの名をわれと子と頒ちゐて距つ月日のときに光るも

風の日の夜をきたれよいささかの楽（がく）をかなづる若者ならむ

捕虫網かざしはつなつ幼きがわが歳月のなかを走れり

いずれも現実の前にあるのは「光り」であり、「風」であり、真白なスクリーンである。そのスクリーンが揺れて、過去と現実との錯綜した時間概念の像を映ずる場所となっている。過失や悔恨や、記憶のなかの悦びやあえかな希望をも映しだす歌の主題は、みずからの来歴を解体することではじめてなりたつのであって、この試練こそ作者がみずからに強いた体験の方法でもあるのだ。

捕虫網をもって、宙空を舞う蝶や蜻蜓を追う初夏の幼い「わが少年」の像が、遠く過ぎ来してきた歳月のあいだ、ずっと走ってきたという。「捕虫網」「かざし」「はつなつ」「幼きが」と継続してその間の半拍を置いたリズムから、映像は記憶をなぞる。緩やかな動作、具体的な言葉にはない「少年の走る姿」を伝えているのである。下句で「わが歳月のなかを走れり」と一息に抜けていく。そこに歳月の一瞬の経緯と記憶の永遠性というモチーフがかくされているのである。雨宮雅子の世界は、こうした作用と反作用の弾機を常に作品のうちに構造的にしつらえ、定型の器を豊かなふくらみとしているのである。

生きの身のうすら寒くてふりむけば無量光体
風の日の柚子

ひかりつつ形象いくひら額（ぬか）に受く黄落やまぬ
ゆりの木の下

義母の訃報を受けた風の日に詠んだ歌や、父君との哀別を背景とした絶唱には、雨宮雅子の透明な人生観が彫琢されて集中の嶺を示している。じつはそれら秀歌は枚挙にいとまがないのである。

羊歯の類あをくそよげり冬越えて息づきてゐ
よ父の肺葉

死へむけて放つことばをととのへよ菊一束（いっそく）に
黄のひかりあり

張るちから失せたる空はふうはりと帷子ぎぬ
のごとく暮るるも

業ふかき髪洗ひきてまむかふや三月荒れてわ
が風椿

照り合へる雲の下びを歩むときわれは手提に
眼鏡たづさふ

生の緒のきはをたたかふ父ならめさねさしさがみの雲囲(めぐ)らせて
霜月のま昼を音の吹きぬけて破れ芭蕉になほちからあり
ぎんなんを踏み散らしたる土にほふ仮借なきまで黄を証せよ
天球の昼のめぐりにしろがねの芒したがふごとく靡けり

(『雅歌』解説・昭和59年9月)

額さびしけれ——雨宮雅子論

高嶋健一

私にとって雨宮雅子論は魅力と困惑の相半ばする難物である。相異点の方が多いと思うが雨宮氏と共通点が二つある。昭和四年生れ、それも十数日のちがいらしい。同世代であると言うのは、親近感と反撥の両面を含む。私にとっては雨宮雅子の作品は前者である。同世代の女流のなかでも、最も敬愛する作品であり作者なのだ。もう一つの共通点は、十代で短歌を作り始め、途中で休んでいることである。雨宮氏の近著、力作の世評の高い『斎藤史論』の冒頭のところに、「十代の終わりに手ほどきを受け、そのまま作歌をつづけたが、三十代に中断し、四十代に復帰した。短歌の奥深さ、おそろしさを知ったのは復帰してからであるが……」と言うことばを見出して共感した。私も全く同じであった。しかし、雨宮氏は

「なぜ短歌を歌うのか」を問いつづけ、リルケの「若い詩人への手紙」を引用する。

沈思黙考しなさい。あなたに書けと命ずる根拠をお窮めなさい。その孤独があなたの心の最も深いところまで枝を張り伸ばしているかどうか吟味しなさい。

自分に「沈思黙考」の欠けていたことを告白し、「なぜ書かなければならないか」の問いを自身に問いつづけている――と雨宮氏は述べている。比較して、私は自らを恥じた。実生活の繁忙を中断の理由とし、再び復帰したのは短歌が好きだから……として疑わないのだ。いかに自らに対して誠実でないか、いい加減にことを処していたか、身を搏たれる思いであった。雨宮氏は几帳面な方だと言うが、私はどちらかと言うとルーズである。しかし、中断・復帰にかかわる自己の追求は、納得の行くまでおこなうべきであろう。雨宮氏の潔い告白に敬服し、一方で私に雨宮雅子論を書く資格があるだろうかと疑った。

雨宮氏は第一歌集の刊行が遅かった。川上小夜子に昭和女子大学の学内短歌クラブで指導を受けてから、実に三十年経過している。昭和五十一年刊行された『鶴の夜明けぬ』には、香川進氏の跋文がある。短い文章であるが、「原稿に接していて、このひとから、体質的なまた、風土的な沈痛感を、正面に期待することは無理かとおもった。ひとびとは、そうしたことよりも、爽快、清潔な自律性からの感情移入という近代の美学をくみとっていただきたい。」というくだりにかなり長く立ち止った。結社の責任者として控えめな、歯に衣を着せないことばとして読んだが、いささか私の読みとは異る。香川氏は雨宮氏の師匠筋に当る歌壇の大先輩だが、二世代距っている。「体質的なまた、風土的な沈痛感を、正面に期待することは無理……」が私には納得できない。体質的・風土的ということの意味するところを厳重に考えなくてはならないが、雨宮氏の歌には沈痛感があり、更に悲傷感が漂っている。私が親近感を持つのも、実はそこのところである。雨宮氏の歌の魅力は、表現――装飾と言えば一層明確だろう――だけの問題ではないと私には思われるのだ。

落椿ひとつひとつがうち伏してなほくれなゐの存念はあれ　（『鶴の夜明けぬ』）
茜さすうつつの額にふるるごと過ぐるあきつの空は段（きだ）なす
水底に沈む椿のくれなゐに真昼が暗くなりてゆくなる
ひそやかに水湧くところふたわかれする道ありて燃ゆる鶏頭
言葉みな立ちあがりくるこのゆふべ聖書一冊置ける卓あり

悲しみの漂う透明な抒情は雨宮雅子の世界を示す。信仰者として独自の認識のあることが、この五首だけでもわかるだろう。すでに自らの文体を持っているように思うが、なお固さがある。私は、雨宮氏の文体は第二歌集『悲神』において確立されたと思っている。

歌人の世界を理解するためにキー・ワードが手掛りになると思うが、『悲神』の場合、それは〈額〉ヌカ・ヒタイではなかろうか。『悲神』を最初に読んだとき、額の出てきたつぎの一首に瞠目した。

近づきて額（ぬか）さびしけれ一木（いちぼく）の白梅三分ほどの明るさ　（『悲神』）

〈近づきて額（ぬか）さびしけれ〉――何と静謐で透明な感受だろう。三分咲きの白梅の木（これはどうしても白梅の古木であろう）の下に佇立する一人の人間、やや上向きに花を見て立つのだ。〈額（ぬか）さびしけれ〉から人間としての悲しさが端的に迫ってくる。胸底から惻々と湧いてくる寂しさであるが、その寂しさには微光が萌している。まさに信仰者の精神であろう。つぎのあとがきのことばは重い。

若い日に洗礼を受けたとき額（ひたい）に聖水が触れていらい、私は、人間のからだにはただひとつ、浄い場所があると思ってきた。額が明るむ。しかしそれは、私のこころまで明るむというのではない。あやふやな一小存在の、罪ふかい領地のなかの聖なる異国。そのような異国を私自身の額とするゆえに、神に遠ざかりまた近づこうとねがう私は、つねに「神を悲しませている者」である。

「ただひとつ、浄い場所」である額、それは作者にとって神への通路とも言うべきところであろう。この一首がつくられたとき、雨宮氏は最も純粋であり、最も神に近い存在となっており、瞬時神を悲しませなかった。

『悲神』のなかに〈額〉の出てくる歌が散見する。十四首あったがそのなかから私の好きな歌を抄出してみた。

聖水のつめたく触れし秋の日をおもひつつゐて額（ひたひ）あつしも　　（『悲神』）

うろこ雲茜なしつつ消えゆくに使徒たちの額（ぬか）いまだも冷えゐむ

荒寥のおのがひたひを見むために選ばれたりしわれと思ふも

汗ふかく睡りゆくともうつしみのひたひは神に属するならめ

作品としての完成度が高く、美しい調べの歌である。そして「額（ひたひ）あつしも」「額（ぬか）いまだも冷えゐむ」「荒寥のおのがひたひ」「ひたひは神に属するならめ」——額とのかかわりにおいて、作者は揺れている。口ごもるような、自らに言い聞かすような文体は、そのまま作者の精神の揺れを示し、生きることの揺れを示しているのであろう。

『悲神』には、もう一つキー・ワードがあるようだ。——火と水である。とくに水の歌は数多く火の歌の三倍、三十首ほどある。

一日をみひらきし瞳（め）よゆふぐれはうすら明り

の水に近づく　　　　　　　　（『悲神』）

蜻蛉(せいれい)の翅のふるへも見えにつつこの日のくれに近き水かも

桔梗(ききやう)に水をくばりし人去りて藍緊まりゆく夕土のうへ

街上にほとばしりたる寒の水刃を研ぐこころもちてよぎれり

やすらけき死は賜はざれひるがほの群生の息充つる水の辺

水はしる村より村へまなぶたは無量無辺の梅にあそぶも

まだまだ引用したいのだが六首にとどめた。作者にとって〈水〉とは何だろう。額のところの引用歌一首目のように、それは聖水である。恐らく雨宮氏にとって水との最初のかかわりは、若い日に洗礼を受けたとき額に触れた聖水に始まるのではなかろうか。いわば信仰の源――であろう。だから、夕ぐれ、近づいて行くうすら明りの水も、蜻蛉の翅のふるえの見える水も、憧憬しやまぬ存在に違いない。桔梗にくばる水の浄らかさや、街上にほとばしる寒の水の厳しさにも、作者の感じとった神が存在している。ひるがおの群生する水辺も、無量無辺の梅充つる村――水はしる村も、神の領するところに相違ない。浄化された作者とともに、読者も浄化されて粛然となる。そして、作者の深い悲しみの心に染まるのだ。

私は雨宮氏の実人生については殆ど識るところがない。ただ、第三歌集『雅歌』にある略歴から、二度の離婚、帝王切開による出産とその男児との離別、父とも断絶等の事項を見出して暗然とした。最初の離婚後教会に通いはじめているが、「子どもを手放し、このころから作歌を中断、教会からも遠ざかる。」（昭和三十六年）、「肺結核で東村山の療養所に入院」（昭和三十七年）等を読むとき、雨宮氏の経てきた苦衷が見えてくる。そして再び短歌へ復帰し、信仰を回復したのであった。〈額〉にしろ、〈水〉にしろ、そういった背後は歌の上では殆ど語られていないが、作者の文体からそのことは感知できるはずである。

私の瞠目した一首、〈近づきて額（ぬか）さびしけれ〉を例証とすることができるだろう。

第三歌集『雅歌』には、『悲神』よりも明るさが漂う。冒頭の「風日」にある。

水仙は水のたましひ凛（さむ）く立てけふひと日だにひとりにあれよ　（『雅歌』）

冬ばれのあした陶器の触れ合へば神経の花ひらきけり

ぬめらなる蓴菜（じゅんさい）の椀すすりをりこの闇をしもひかりにかへよ

など爽やかである。それに『雅歌』には離別した子どもを歌った秀歌がある。

雅歌よりの名をわれと子と頒ちゐて距つ月日のときに光るも　（『雅歌』）

麦熟るる　わが少年が青年となりし過程は知らでありしよ

捕虫網かざしはつなつ幼きがわが歳月のなかを走れり

やはり吹っ切れている。雨宮雅子が闊歩しはじめた——そんな思いで、この同年の女流歌人を望見している昨今である。

（「歌壇」昭和62年12月）

眦を決する時——『秘法』試論

水原紫苑

雨宮雅子という歌人は、現代短歌の中でどのような位置に立っているのか。題名にふさわしく、一種霊的な静謐につつまれた第四歌集『秘法』を読み終わって考えた。

雨宮は昭和四年の生まれである。すぐ手の届くところに、昭和三年生まれの馬場あき子を含む大正世代、安永蕗子、河野愛子、大西民子、山中智恵子など、戦後の女流短歌と共に歩んで来た人々がいるが、雨宮は、長い歌歴にもかかわらず、作歌中断などの事情から、第一歌集『鶴の夜明けぬ』を刊行したのが五十一年のことであり、初めから完成された歌人として、流れの外に身を現わしたと言っていいだろう。

「モーリヤックと私」や『齋藤史論』(昭和六十二年刊)に見られる、鋭い感覚から論理を構築する西欧的な知性と、精神の根幹をなすキリスト教が、雨宮の独自な世界を作りあげていることはよく知られている。『鶴の夜明けぬ』と『悲神』(昭和五十五年)は抄出でしか読んでいないが、『雅歌』(昭和五十九年)から『秘法』(平成元年)に至って、感覚と論理が安らかに調和し、神への問いかけも息苦しさが失せて、ひとつの美しい頂点を形づくっていると思う。

眦(まなじり)を決することの美しと思ほえるとき雪を意識す　(『秘法』)

異教徒のわが感覚をそそのかす春の真昼のくわんおん一軀

幼なごゑ失せたる水際(みぎは)天の際(きは)らわかき木のさみどり立てり

一首目は、生涯の完成に向かう述志の潔さを、巧みにイメージで処理している。危うさも空しさも知りながら、ある精神の劇に自分を賭けようとしている人の言葉である。二首目は、百済観音であろうか、官能に訴えかける仏像の魅力を通して、神の背後で戯れる作者の姿を浮かび上がらせている。神との絆をたしかに持った自信を背景に歌われた、ゆとりある一首であろう。三首目は、再会した愛息を歌ったものと思うが、失われた存在、失われた時間のよみがえりを奇蹟のように描いている。作者にとって、その奇蹟こそ歌なのであろう。(「過ぎ去った『時』の残骸、約束もなくこちらにむかってきて残骸となる『時』の断片と、それらのひそやかな再構成が私の短歌だと考える。」雨宮雅子、「歌壇」昭和六十二年十二月号)しかし、この歌の場合も、幼ない声と若木の緑との間に在る埋めがたい距離を知り抜いているからこそ、一瞬の幻影に似た奇蹟を願うのである。歌うことも、ついに徒労だと知った上で、あえて選びとるすがすがしさ、逞しさが三首に共通して流れている。

　冬ばれのあした陶器の触れ合へば神経の花ひらきけり　(『雅歌』)

このように、純粋な感覚のみで作られた歌は、『秘法』にも見出せるが、「冬ばれ……」の心理主義的な主角から、

　不可思議の直立ならむ緑のなかわれは軽羅をまとひ出できつ　(『秘法』)

の宇宙的な即物性や、

　幽れゆく日のため霧の朝ゆきてうすくれなゐのささ百合に遭ふ　(同)

の神秘的なロマンチシズムなどに、傾向を変えている。老いの自覚となお残る華やぎによる作家の円熟は、たとえば直接神を歌った歌には、次のようにあらわれる。年代順に変化を見たい。

百合の蕊（しべ）かすかにふるふこのあしたわれを悲しみたまふ神あり　『悲神』

このわれを耐へ給ふ神あるならむ霧に触れつつ鳥兜咲く　『雅歌』

日だまりの薔薇より出づる虻をりてわれのうちなる神も衰ふ　『秘法』

百合の蕊のように香り高く繊細なわれには、はるか遠くから見守る絶対の神が在る。神と正面から向き合い、神に忍耐を強いる激しい〈われ〉には、霧の甘やかな幻想を犯す、毒のある鳥兜の花がふさわしい。神を自らの裡に抱きとるまで熟し切った〈われ〉ならば、身中の蜜を吸う虻も衰えた神に代わって宥し、陽光を浴びつつ崩れるまでの薔薇の盛りを愉しむのである。

　神が衰えた後、雨宮の世界はどこへ向かうのか。これは、冒頭に問いかけた、現代短歌の中に占める雨宮雅子の位置と相俟って重要である。無論、神の衰えとは信仰の衰えを指すものではない。先に「くわんおん」の歌でも見たように、神と雨宮との絆はいよいよ強い。文字通り血肉化して自在になった信仰は却って意識にのぼることが少なくなり、代わりに歌に現われて来る別の要素が、雨宮の知られなかった一面を示しているように思われるのだ。

さくらばなうすくれなゐに流れゐて一歌自浄とよみし人はや　『秘法』

くれなゐはくれなゐをもて鎮むべし萩は残花を正眼（まさめ）に見しむ

　右の二首は、伝統和歌にもつながる、女流の多くが歌い継いで来た領域の作品である。一首目のさりげない流れの中に打ちこまれた「一歌自浄」の音のたしかさ、二首目の萩と自身の残花のくれないを重ね合わせる観照のしかたなど、作者らしさは紛れもないが、たとえば「天球の昼のめぐりにしろがねの芒したがふごとく靡けり」（『雅歌』）を雨宮の代表作として記憶しているような読者には、かすかな戸惑いを与えるのではないだろうか。

しかし、振り返って見れば、この種の深い諦念とそれに見合うだけの衿持に支えられた詠嘆は、実は初期作品から一貫して雨宮の歌の底流となっているものだ。前出の「歌壇」六十二年十二月の「シリーズ・今日の作家」では、自選百首の最初に、「きららなす霜のあしたを明らけくこの生の緒や白きさざんくわ」(『鶴の夜明けぬ』)を収め、「つゆ草はつゆに滅べど秋髪の冷えゆくまでを生きてありつる」(『悲神』)や「吾亦紅われも紅とやひたぶるに心述ぶるはくるしきこころ」(『悲神』)も採られている。にもかかわらず、以前の三歌集でこれらの作品が雨宮雅子の「晴の歌」と言う印象を与えなかったのは、おびただしい信仰の歌と、「白タイル踏めばたちまち脳髄をのぼりきたれり結晶世界」(『鶴の夜明けぬ』)のようなモダニズム的感覚の歌が、読む側に雨宮の強いイメージを作りあげてしまっていたためである。言わば雨宮にとって、歌集における「地歌」の部分を生み出すのが、伝統的な日本の女の美学だったと考えられよう。だが、『秘法』では、神への問いかけの歌が少なくなり、尖鋭な表現もやや静まったことによって、「地歌」であった部分がふくらんで相対的に前に出たように思われる。

ここにこだわるのは、雨宮の文体の基本になっているのが、実はこの「地歌」の部分ではないかと言う疑問からである。雨宮の歌が神を含めて西欧の近代を受容しながら、伝統詩型から浮きあがる危うさを少しも感じさせないのは、きわめて日本的な素材と感性で作られた堅牢な文体の骨組みを既に持っているせいではないかと思われてならないのである。雨宮より年長で西欧的なものを深く身に取り入れた女流歌人は、齋藤史、葛原妙子、そして河野愛子などが挙げられるが、程度の差はあれ、いずれも定型の器とそれに盛られた歌の間に揺れがある。必ずしも破調と言うのではなく、微量の過不足をつけて生き生きしたリズム感を狙った場合も多いが、ほとんどの歌が五句三十一音に嵌まる雨宮とは対照的である。

この現象はいろいろに説明できるだろうが、西欧的な何物かと対面した年代と状況と言う、外的な要因も考えられると思う。齋藤史は明治四十二年の生まれ、葛原妙子はそれより二歳年長である。『魚歌』の「スケルツォ」に見られるように、海外の文化をリアルタイムで享受し、若い身体が西欧を感じとる華やかな青春があったわけである。もちろん葛原妙子の西欧は、カトリシズムを通じてさらに深く骨に達しているのだが。河野愛子にも、短いながら、西欧の思想・文学に触れた青春があったと思う。未成熟ではあったが明るく開かれた日本の近代に、夢とあこがれを持って西欧に出会い、魅力に酔うことができたのではないか。それがリズムの揺れをもたらしたひとつの理由ではないかと思うのである。

　雨宮雅子の場合は、高等女学校時代に、勤労動員、繰上げ卒業、疎開とひき続き、戦後、女子大に入学している。雨宮の個人を知らないので、或いは間違っているかも知れないが、この歌人には、西欧との出会い以前に精神を形成した日本の美学、しかも王朝風ではなく、武家風の凛として陰影を帯びたそれの存在が感じられるのだ。

荒魂のみ祖(おや)たどれば甲斐のくに水晶のくに夕映ならむ　（『秘法』）

緋縅(ひをどし)の鎧は立ちてまなかひに闇よりふかきうつろをつつむ

さくらあめゆくて見えざるこぬかあめわれとたがへし刀(たう)も錆びゐよ

亡き父から受けた誇り高い武士の血は、『秘法』に来て大きな主題のひとつとなった。しかも夕映のイメージと等しく、衰退にある一族である。雨宮が『秘法』のわずか二年前に『齋藤史論』を上梓していることを思い起こして見よう。史は将軍の娘だが、父方は松本藩に仕えた槍術の家柄である。貴種流離とも言える戦後の史の隠棲も、雨宮の共感を誘ったことは想像に難くない。

　史とは二十歳の年齢差がある雨宮雅子は、『魚歌』の華麗も『朱天』の狂気も過ぎ去ったところから歩み始めたのである。その仕事は、西欧近代を日本の女の骨格の上にしっかりと抱きとめることであったと思う。それが現実と戦う唯一の方法だったのである。西欧が世界の一部分として認識され、戦うべき現実もさだかに見えなくなっている今日、雨宮が歌人としての歩みをどのように完成させて行くのか、「眦を決して」見守る時である。

（「歌壇」平成2年7月）

雨宮雅子歌集　　現代短歌文庫第12回配本

1992年６月１日　初版
2008年７月14日　再版

著　者　雨　宮　雅　子
発行者　田　村　雅　之
発行所　砂　子　屋　書　房
〒101-0047　東京都千代田区内神田3-4-7
電話　03—3256—4708
Fax　03—3256—4707
振替　00130—2—97631
http://www2.ocn.ne.jp/~sunagoya/
装幀・三嶋典東

現代短歌文庫

（　）は解説文の筆者

①三枝浩樹歌集
『朝の歌』全篇
②佐藤通雅歌集（細井剛）
『薄明の谷』全篇
③高野公彦歌集（河野裕子・坂井修一）
『汽水の光』全篇
④三枝昻之歌集（山中智恵子・小高賢）
『水の覇権』全篇
⑤阿木津英歌集（笠原伸夫・岡井隆）
『紫木蓮まで・風舌』全篇
⑥伊藤一彦歌集（塚本邦雄・岩田正）
『瞑鳥記』全篇
⑦小池光歌集（大辻隆弘・川野里子）
『バルサの翼』『廃駅』全篇
⑧石田比呂志歌集（王城徹・岡井隆他）
『無用の歌』全篇
⑨永田和宏歌集（高安国世・吉川宏志）
『メビウスの地平』全篇
⑩河野裕子歌集（馬場あき子・坪内稔典他）
『森のやうに獣のやうに』『ひるがほ』全篇
⑪大島史洋歌集（田中佳宏・岡井隆）
『藍を走るべし』全篇
⑫雨宮雅子歌集（春日井建・田村雅之他）
『悲神』全篇
⑬稲葉京子歌集（松永伍一・水原紫苑）
『ガラスの檻』全篇
⑭時田則雄歌集（大金義昭・大塚陽子）
『北方論』全篇
⑮蒔田さくら子歌集（後藤直二・中地俊夫）
『森見ゆる窓』全篇
⑯大塚陽子歌集（伊藤一彦・菱川善夫）
『遠花火』『酔芙蓉』全篇
⑰百々登美子歌集（桶谷秀昭・原田禹雄）
『盲目木馬』全篇
⑱岡井隆歌集（加藤治郎・山田富士郎他）
『鵞卵亭』『人生の視える場所』全篇
⑲玉井清弘歌集（小高賢）
『久露』全篇
⑳小高賢歌集（馬場あき子・日高堯子他）
『耳の伝説』『家長』全篇
㉑佐竹彌生歌集（安永蕗子・馬場あき子他）
『天の螢』全篇
㉒太田一郎歌集（いいだもも・佐伯裕子他）
『墳』『蝕』『獵』全篇

現代短歌文庫

（　）は解説文の筆者

㉓春日真木子歌集（北沢郁子・田井安曇他）
『野菜涅槃図』全篇
㉔道浦母都子歌集（大原富枝・岡井隆）
『無援の抒情』『水憂』『ゆうすげ』全篇
㉕山中智恵子歌集（吉本隆明・塚本邦雄他）
『夢之記』全篇
㉖久々湊盈子歌集（小島ゆかり・樋口覚他）
『黒鍵』全篇
㉗藤原龍一郎歌集（小池光・三枝昻之他）
『夢みる頃を過ぎても』『東京哀傷歌』全篇
㉘花山多佳子歌集（永田和宏・小池光他）
『樹の下の椅子』『楕円の実』全篇
㉙佐伯裕子歌集（阿木津英・三枝昻之他）
『未完の手紙』全篇
㉚島田修三歌集（筒井康隆・塚本邦雄他）
『晴朗悲歌集』全篇
㉛河野愛子歌集（近藤芳美・中川佐和子他）
『黒羅』『夜は流れる』『光ある中に』（抄）他
㉜松坂弘歌集（塚本邦雄・由良琢郎他）
『春の雷鳴』全篇
㉝日高堯子歌集（佐伯裕子・玉井清弘他）
『野の扉』全篇

㉞沖ななも歌集（山下雅人・玉城徹他）
『衣裳哲学』『機知の足首』全篇
㉟続・小池光歌集（河野美砂子・小澤正邦）
『日々の思い出』『草の庭』全篇
㊱続・伊藤一彦歌集（築地正子・渡辺松男）
『青の風土記』『海号の歌』全篇
㊲北沢郁子歌集（森山晴美・富小路禎子）
『その人を知らず』を含む十五歌集抄
㊳栗木京子歌集（馬場あき子・永田和宏他）
『水惑星』『中庭』全篇
㊴外塚喬歌集（吉野昌夫・今井恵子他）
『喬木』全篇
㊵今野寿美歌集（藤井貞和・久々湊盈子他）
『世紀末の桃』全篇
㊶来嶋靖生歌集（篠弘・志垣澄幸他）
『笛』『雷』全篇
㊷三井修歌集（池田はるみ・沢口芙美他）
『砂の詩学』全篇
㊸田井安曇歌集（清水房雄・村永大和他）
『木や旗や魚らの夜に歌った歌』全篇
㊹森山晴美歌集（島田修二・水野昌雄他）
『グレコの唄』全篇

現代短歌文庫

（　）は解説文の筆者

㊺上野久雄歌集（吉川宏志・山田富士郎他）
『夕鮎』抄、『バラ園と鼻』抄他

㊻山本かね子歌集（蒔田さくら子・久々湊盈子他）
『ものどらま』を含む九歌集抄

㊼松平盟子歌集（米川千嘉子・坪内稔典他）
『青夜』『シュガー』全篇

㊽大辻隆弘歌集（小林久美子・中山明他）
『水廊』『抱擁韻』全篇

㊾秋山佐和子歌集（外塚喬・一ノ関忠人他）
『羊皮紙の花』全篇

㊿西勝洋一歌集（藤原龍一郎・大塚陽子他）
『コクトーの声』全篇

51 青井史歌集（小高賢・玉井清弘他）
『月の食卓』全篇

52 加藤治郎歌集（永田和宏・米川千嘉子他）
『昏睡のパラダイス』『ハレアカラ』全篇

53 秋葉四郎歌集（今西幹一・香川哲三）
『極光―オーロラ』全篇

54 奥村晃作歌集（穂村弘・小池光）
『鴇色の足』全篇

55 春日井建歌集（佐佐木幸綱・浅井愼平）
『友の書』全篇

56 小中英之歌集（岡井隆・山中智恵子他）
『わがからんどりえ』『翼鏡』全篇

57 山田富士郎歌集（島田幸典・小池光他）
『アビー・ロードを夢みて』『羚羊譚』全篇

58 続・永田和宏歌集（岡井隆・河野裕子他）
『華氏』『饗庭』全篇

59 坂井修一歌集（伊藤一彦・谷岡亜紀）
『群青層』『スピリチュアル』全篇

60 尾崎左永子歌集（伊藤一彦・栗木京子他）
『彩虹帖』全篇『さるびあ街』（抄）他

61 続・尾崎佐永子歌集（篠弘・大辻隆弘他）
『春雪ふたたび』『星座空間』全篇他

62 続・花山多佳子歌集（なみの亜子）
『草舟』『空合』全篇

63 山埜井喜美枝歌集（菱川善夫・花山多佳子）
『はらりさん』全篇

64 久我田鶴子歌集（高野公彦・小守有里他）
『転生前夜』全篇

65 続々・小池光歌集
『時のめぐりに』『滴滴集』全篇

66 田谷鋭歌集（安立スハル・宮英子他）
『水晶の座』全篇

現代短歌文庫

（　）は解説文の筆者

67今井恵子歌集（佐伯裕子・内藤明他）
『分散和音』全篇

（以下続刊）

佐佐木幸綱歌集
篠弘歌集
武川忠一歌集
安永蕗子歌集
水原紫苑歌集
馬場あき子歌集
黒木三千代歌集
宮英子歌集